SARAZANMAI
さらざんまい

幾原邦彦

上

内海照子

contents

カバーイラスト　ミギー
ブックデザイン　名久井直子

さらざんまい

上

プロローグ　三人の子どもたち

薄桃色の花びらが舞う風の中に
凍《い》てつく夜の隙間《すきま》に
眩《まぶ》しい青葉が茂る放課後に

僕は、君とつながった

ずいぶん遠くへ来たけれど
君は忘れてしまっただろうか

この街には秘密を抱えて生きる子どもたちがいる。
孤独を胸に、他者から奪い、自分を偽って生きている。
けれど、それのどこが間違っているというのだろう。
秘密は暴かれなければ秘密のまま。

こころの奥底に沈めた感情にだけは、
たとえかみさまだって触れさせはしない。

振り払った手のひらと、ゆれる瞳《ひとみ》を覚えている。
暗闇《くらやみ》を照らし出した閃光《せんこう》と、つめたい体温を覚えている。
無邪気に笑う君と、くちびるの感触を覚えている。
忘れた日など一日だってない。

つながれない僕の願いは、すべて君のためにある。

第一皿　箱

1

矢逆一稀《やさかかずき》には譲れない三つのルールがある。

人は誰でも、大なり小なり自分の中にルールを持っている。たい焼きはしっぽから食べるとか、風呂ではまず腕から洗うとか、ミステリー小説は結末から読むだとか。

誰にも理解されなくても、自分の中でのみ絶対的な拘束力を持つたぐいのルールだ。

そんなわけで、一稀の手には今日もダンボールの箱があった。

今や世界中で利用されている大手物流会社のロゴマークが入っている箱だ。ありふれたその箱を大事そうに抱えて、薄いブルーのラインが入った涼しげな制服に身を包み、隅田川《すみだがわ》に架かる大きな赤い橋を渡っていく。

はじめて浅草《あさくさ》を訪れる人にとって、この赤い橋、吾妻橋《あづまばし》からの眺めは少し異様に映るかもしれない。隅田川を挟んで、雷門《かみなりもん》がある台東区《たいとうく》は歴史的建築物や伝統産業が多くのこされている。一方で、スカイツリーがある墨田区《すみだく》を見れば、近未来的でエキセントリックな建築物に驚かされることになる。

この過去と未来がごちゃ混ぜになった風景も、浅草で暮らして十四年の一稀にしてみれば日常でしかない。さらに言ってしまえば、一稀にとって重要なことは、ほとんど三つしかないのだ。

『グッモーニン☆　毎日ハッピー、ラッキー自撮りでサラにハッピー、吾妻《あづま》サラでぃっしゅ☆』

吾妻橋を渡った先、松屋デパートの屋外モニターから、ちょっと眠たそうな女の子の声が聞こえてくる。

『さぁて、今日のラッキー自撮りアイテムはぁ〜？』

モニターの中で、摩訶《まか》不思議な音楽に乗って踊る美少女。皿を思わせるヘッドドレスにあしらわれたリボンと、着物を大胆にアレンジしたミニのチュールスカートがゆらりゆらりと揺れている。

浅草ご当地アイドル、吾妻サラの冠番組「アサクササラテレビ」の時間だ。

一稀は立ち止まり、モニターの中の少女に募る想いをのせた視線を送る。朝の雑踏の中、切り取られたかのように静かで特別な数秒間。

『ハコーン！　箱でぃっしゅ☆　箱がいっぱいあるほどハッピー☆』

サラがルーレットから引き当てたのは「ハコ」と書かれた皿だった。CG背景とハリボテに囲まれたカラフルな空間で、自身のイメージキャラクター、サラマスコットと戯《たわむ》れている。

信号が青になり、人波に押し出されるように一稀は歩き出した。

「……箱か」

ちらりと手元に視線を落とす。が、いやだめだとすぐに思い直した。

箱は多ければ多いほどいいのだ。ミッションに妥協は許されない。

『ラッキー自撮りが撮れたら、あなたの大切な人にも送ってあげるとサラにハッピーでぃっしゅ☆　それじゃあ、今日も元気に、グッドサラック☆』

「グッドサラック……」

誰にも気づかれることのない一稀の祈りは、たったひとりに向けられたものだった。


一つ目は、箱を持ち歩くこと。

二つ目は、ラッキー自撮り占いをチェックすること。

三つ目。最後のルールは、毎日あの子とラッキー自撮りを交換すること。


【今日のミッションは早めにクリアできそうでぃっしゅ☆】

スマホのメッセージアプリを起動し、一番上のトーク画面にメッセージを打ち込む。

語尾の「でぃっしゅ☆」はご愛嬌《あいきょう》だ。こんなに浮かれたメッセージを送る相手は、世界でただひとりだけなので許して欲《ほ》しい、と一稀は思う。

【グッモーニン☆　今日もハッピーをおくりあおうね！】

すぐに既読が付き、楽しげなスタンプと共にあの子からの返信がくる。

たったそれだけのことで、一稀は今日も頑張れてしまうのだ。

許されなくてもいいいんだ、本当は。

ふたりのことは誰にも秘密で、最初から許されないとわかっていて始めた関係だった。

他には何もいらない。このつながりさえあればそれでいい。


久慈悠《くじとおい》は、慎重かつ大胆にルールを破る。

スカイツリーにほど近い高架下の駐車場は、日中でも人通りが少ない。色褪《いろあ》せた「車上荒らし注意」の看板が控えめに呼びかけているものの、その程度では悠を踏みとどまらせることはできない。

侘《わび》しい高架下で、場違いな光沢を放つ一台のレクサス。それが今日の悠の獲物だ。

黒いパーカーのフードを気《け》だるげに脱ぎ、流れるような手つきで背中から銀色に光る金差しを取り出す。そして、本来尺度を測るためのそれを、傷ひとつないレクサスのドアベルトモールに迷いなく叩きつけた。

ガン、ガスッ、ガン、ガン、……パシャコン！

……パシャコン？

間の抜けた音がして、悠は手を止める。

音がした方へゆっくり振り向くと、少女が謎のポーズを決めていた。いや、謎なのはポーズだけではなかった。

少女の出《い》で立ちは、テレビから抜け出してきたかのように浮世離れしていた。皿を思わせるヘッドドレスに、和服を大胆にアレンジしたミニスカート。流行《はや》りのファッションに一ミリも興味がない悠が見ても、一目でまともじゃないと分かる。

しかし、悠を本当に驚かせたのは、振り向いた少女の憂いをまとった大きな瞳……ではなく、その手に握り締められたスマホだった。

「お前……、今撮っただろ」

怒気をたっぷり含ませた声で、形ばかりの問いかけはほとんど確信に近い。

「撮ってません……」

こまった顔もどこか儚《はかな》げで、触れると消えてしまいそうだ……

いや、そんなこと今はどうでもいい。

「フザけんな。そのスマホをよこせ！」

「ダメ！」

砂糖菓子のような見た目からは想像できない、強い拒絶。

スマホに結わえられたサラマスコットストラップが揺れる。

「サラは、あの子とのミッションをコンプリートするんでぃっしゅ！」

……でぃっしゅ？

耳慣れない語尾に、一瞬悠の思考が止まる。その隙に、少女は背を向けて走り出した。

「箱がいっぱいあるほどハッピーでぃーっしゅ……！」

揺れる長い黒髪。羽のようなスカートがひらりとひるがえって、このままでは健康的な太ものその先が……

いや、だから違う！

「待てっ！」

ようやく自分を取り戻した悠は、瞬《またた》く間に遠ざかっていく少女を追って駆け出した。


「今日もあの子とつながれますように……」

一稀の目の前には、光り輝く黄金のカッパ像がある。

なぜカッパなのかと問われれば、それはここが他ならぬ浅草かっぱ橋道具街だからだ。台東区には歴史的建築物と伝統産業に負けず劣らず、カッパのオブジェも多くのこされている。カッパ激戦区と言っても過言ではないこのエリアで、他のカッパたちの追随を許さぬ圧倒的存在感を放っているのが、このカッパ広場に鎮座する黄金のカッパ像である。

なぜ黄金なのか、いつ、誰が作ったのか、分からないけれどとにかくご利益がありそうな見た目をしている。一稀は気が向いた時にはこのカッパ様にお参りすることにしていた。

「おい!」

小さな広場に怒声が響く。

振り返ると、広場の入り口に少年が立っていた。

とにかくイラついています、と言わんばかりの様相で。

「今、変なカッコした女が来なかったか?」

一歩、また一歩と近づいてくるパーカー少年の手には、細長い武器のような何かが握られている。

「き、来てません……」

なんかこわい。

面倒ごとに関わりたくない一心で一稀は言った。

しかし、ここで一稀はミスを犯してしまう。ぎゅっと握り直したスマホのストラップがこぼれ落ちるように揺れたのだ。

それは、あの子とお揃《そろ》いのサラマスコットストラップだった。

「そのスマホ……、やっぱりあの女とつながってやがるな」

パーカー少年は目ざとく気づいてさらに不機嫌さを増した。

「し、知らないってば！」

触らぬ神に祟《たた》りなし。カミサマホトケサマカッパ様！

「……ブスッといくぞー」

少年の手に握られた棒状の何かに鋭い光が走る。

一稀の祈りは誰にも届かず、武器を振り回しながらパーカー少年が襲いかかって来た。

ブンッ……！

間一髪。いや、数本の髪の毛を犠牲《ぎせい》にしてなんとか一撃をしのいだ一稀は、カッパ様の足元に縋《すが》りつく。

ボキッ……！

これが本日二度目にして一稀史上最大のミスだった。

片足で立っていたカッパ様の足首が折れた。

「うわぁあああ!?」

ブシュ――――！

一稀とカッパ様がもつれ合って倒れ込んだ瞬間、謎の爆煙が巻き上がった。煙はパーカー少年もろとも、小さな広場を一瞬にして包み込む。

人は不測の事態に巻き込まれた時、ステレオタイプな反応しかできない。だからこのふたりももれなく叫んだ。

「「なんじゃこりゃ――――!!」」


気がつくと、一稀は教室の一番後ろ、窓際の席に座っていた。

一稀が通う浅草皿《あさくささら》中学校の、一稀のクラスの一稀の席だ。

「ゆめ……?」

まだぼんやりする頭に浮かんだのは、箱のことだった。慌てて周りを見回すと、一稀の大事な箱はいつも通り、机の下にちゃんとあった。

「よかった……」

とりあえずこの箱が無事なら、あとの不思議なできごとは夢でもなんでもいい。

一稀には、自分にとって大事なものとそうでないものを無意識のうちに仕分けして、のこったものだけを握りつぶすまで持ち続けるようなところがあった。めいっぱい好意的に表すなら「一途《いちず》」。端的に言えば「意固地」というやつだ。

「かずきぃ――!」

そんな一稀にとって、仕分けに迷う部類の人物が教室に入ってきた。

陣内燕太《じんないえんた》は、ルールをはみ出さないように生きている。

物心ついた時、燕太の周りにはすでにいくつものルールが存在していた。ルールからはみ出した者にはペナルティが待っている。燕太が打ち込んでいるサッカーだって、ルール違反をすれば退場もありえる。

サッカー部の朝練を終えた燕太は、ついさっき顧問から寝耳に水のニュースを聞いた。

「サッカー部辞めるってなんだよ！　オレそんなの聞いてねーし！」

練習着のままボールを抱えた燕太が一気にまくし立てる。

「燕太にはあとで話そうと思ってたよ」

「事後報告かよ！　オレたちはガキの頃からのゴールデンコンビだろ⁉」

まただ、と燕太は思う。

いつからか、一稀はこの言葉を聞くと苦い顔をするようになった。

ゴールデンコンビとは、昔流行ったサッカー漫画の主人公たちの通称だ。

もちろん燕太はリアルタイムで知っていたわけではない。最初は、サッカー好きの姉の影響だったように思う。両親の仕事の関係で、幼少の頃を海外で過ごしていた燕太は、すぐにその漫画に夢中になった。

実際にサッカーを始めたのはもう少しあとのことだったのだけれど。

「おっはよー！　HR《ホームルーム》始めるよー！」

底抜けに明るい声がして、クラス担任の陣内音寧《じんないおとね》が教室に入ってきた。

浅草皿中サッカー部の熱血顧問にして、何を隠そう燕太の実の姉である。

「あ、こら陣内！　朝練のあとは制服に着替えなさいって何度も言ってるでしょ！」

「げ、姉ちゃん。今それどころじゃねーんだって」

「学校では陣内先生！」

「ハイハイ、すみませんでした！」

「ハイは一回！」

お決まりのやりとりに腰を折られた燕太は、渋々といった様子で一稀の前の席に座った。

「オレは認めないからな……」

そう呟《つぶや》いたのは、幼馴染《おさななじみ》としてのプライドがあるからだ。

でも、心のどこかで一稀のこころを変えることなんて、自分にはできないのだろうと分かってもいた。本当は、もっと強引に踏み込めばいいのかもしれない。

燕太は、一稀の幼馴染というフィールドから、退場にだけはなりたくなかった。

「転校生を紹介しまーす！」

こんな時期外れに転校生？

チラリと教壇を見た燕太はすぐさま興味を失った。

可愛い女の子ならまだしも、見るからに愛想のない少年が突っ立っていたからだ。制服の上に黒いパーカーを羽織り、イカついベルトにゴツい編み上げブーツ。どこをどう見たって不良。近づかないのが正解だ。

「久慈悠くんです。みんな、仲良くしてねー♪」

挨拶すらする気のない奴と仲良くなんてできねーよ。

さっきまでのイライラを転校生にぶつけていた燕太の後ろで、ガタンと大きな音がした。

振り返って見ると、一稀が驚きの表情で教壇を見つめている。

「かずき……？」

何だか嫌な予感がする。そういう予感は当たるものだ。

次の瞬間、一稀と不良少年からこぼれ落ちた言葉は、燕太をさらなる憂鬱《ゆううつ》の谷底に突き落とすには十分だった。

「「夢じゃ、なかった……!?」」

夢で出会った少年が同じクラスに転校してきた。

これが男女の物語なら、スコシフシギなラブコメが始まってもおかしくない展開。

でも現実はスコシフリョウな物差し男とエンカウントしただけだ。

向こうもこちらの顔を覚えている様子だし、目をつけられてカツアゲでもされたら面倒なことこの上ない。

それにしても、今日はなんだか喉《のど》が渇くな……

休憩時間に購買でペットボトルの水を買った一稀が、キャップを捻《ひね》ったその時。

チーン。

遠くで涼しげな音がした。

ジョババババババ……

頭から勢いよく流れ落ちる水の冷たさに、思わずため息が漏れる。

「はぁ〜〜……」

ペットボトルの水を頭から浴びる一稀の隣で、件《くだん》の転校生である悠も頭から水を浴びていた。

「「はぁ〜〜……」」

スコシフシギなことはまだまだ続いた。

体育の時間。跳び箱を前にした一稀の耳元で、またあの音が響いた。

チーン。

「「どすこい！」」

次の瞬間、一稀と悠はそろってシコを踏んでいた。燕太が豆鉄砲を喰《く》らったような顔でこちらを見ていた。

チーン。

次にその音を聞いた時、一稀は給食室で食材のキュウリを貪《むさぼ》り食っていた。

これはもうSFじゃ済まされない。KF＝カナリフシギだ。

ただ、幸か不幸かこの状況を唯一理解できる奴がいる。背中合わせでキュウリを貪っていた相手と目が合った瞬間、ふたりは叫んだ。

「「ナニかが呼んでる!!」」

2

『次のニュースでぃっしゅ☆　今朝、商店街のカッパ像が破壊されているのが発見されました。パリーン！』

吾妻サラがゆるい調子でニュースを伝えるテレビの前で、派手なバンダナを巻いた老女がしきりに手を合わせている。

老女が鎮座する部屋は昔ながらの日本家屋で、襖《ふすま》と障子《しょうじ》で仕切られた畳の居間に、そこそこ立派な庭へと通じる縁側がある。

さらに、部屋中を飾り立てている浅草演芸グッズとサッカーグッズが、カオスなムードを演出していた。前者は老女の趣味、後者は孫の姉弟の趣味である。

「あーあ、せっかく買ったのに。どうすんだよコレ……」

孫の一人、燕太が届いたばかりの箱を開けてボヤく。外箱の大きさに対して、中には随分と小さな箱がポツンと収められている。さらにその中には、赤い糸で編まれたミサンガが入っていた。

「今すぐは無理でも、いつか戻ってくるって信じてたのに……」

燕太は一稀が部活を休みがちになった時、無理やり引っ張り出すようなことはしなかった。

一稀の気持ちはよく分かっているつもりだったから。いつかは時間が解決してくれるだろうと思っていたのだ。

「にしても今日の一稀、なんか変だったな。あの不良転校生のせいか……？　ってかアイツと知り合いっぽかったよな。一稀のヤツ、オレの知らないところでいつのまに……」

『犯人の手がかりはなく、浅草署は捜査を続けています。押忍《おす》☆』

テレビの中では、瓦を割ったサラが気合を入れている。

「犯人はカッパ様に尻子玉を抜かれるじゃろうて……」

耳慣れない単語を発した祖母に、燕太が問う。

「ん？　シリコダマって？」

「人間の尻の中にある臓器さね。ばあちゃんが娘っこの頃は、悪さをするとカッパ様に尻子玉を抜かれるぞぉ言うて脅かされたもんじゃ」

祖母の娘時代をうまくイメージできず苦戦していた燕太の思考は、音寧が襖を開ける音で途切れた。

「燕太！　アンタまた無駄遣いしたわね？　その箱、今度は何を買ったのよ⁉」

「ちげーよ！　これは一稀のために」

よりによって姉に見つかってしまうとは。

新しもの好きの燕太は、たしかに通販で何かと浪費するクセがある。しかしこればかりは違う。ここで知られてしまえば、このおせっかいで噂話《うわさばなし》が三度の飯より大好物の姉の口から、一稀にバレるのも時間の問題だ。

ミサンガを渡すなら、自分のタイミングで然《しか》るべき時に渡したい。そしてそれは今じゃない！

「え、ウソ……⁉」

さっきまでの剣幕とは打って変わって目を丸くした音寧が、燕太の背後を見つめている。

つられて振り返ると、畳の上にあったはずの箱が空中に浮かんでいた。

箱はそのまま縁側に飛び出して、すぐに見えなくなってしまった。

「ま、待って！　オレの箱――！」

チーン。チーン。

一稀と悠は、今朝ふたりが出会ったかっぱ広場にやってきていた。

やはり、不思議な音の発生源はこの広場で間違いないようだ。しかし、道行く人々は特に気にも留めていない。

「他の奴らには聞こえてない、か……」

「僕たち、カッパ様に祟られたんだよ。像を壊したりしたから……」

「祟りなんてあるわけない」

広場にはキープアウトのイエローテープが張り巡らされ、カッパ像の残骸《ざんがい》が殺害現場よろしく転がっていた。

チーン。チーン。

「バレたら僕たち、警察に捕まるよね？」

「サツはダメだ、絶対に……！」

箱を抱える手に力を込めながら、一稀は絞り出すように叫んだ。

「僕だって、あの子とつながれなくなるのは、絶対いやだ……！」

ブシュ――――！

突如、バラバラになったカッパ像の尻の割れ目から煙が吹き出した。

「なんか出てる⁉」

「オナラ!?」

次の瞬間、カッパ像のクチバシがパカリと開き、大爆発が起こった。

「「なんじゃこりゃ――――!!」」


『グッモーニ――ン！』


次第に晴れていく煙の中で、ふたりの頭のモヤも晴れつつあった。

「このやりとりは……」

「今朝もここで……」

「お待ちしておりましたケロ」

今朝までカッパ像が立っていた台座の上に、大きな白い鏡餅が鎮座していた。

「私はカッパ王国第一王位継承者、ケッピですケロ」

どうやらあの不思議な音は、鏡餅がキュウリで頭を叩く音だったようだ。

「貴方《あなた》たちの今朝の記憶は消させていただきましたケロ」

「記憶を、消した……？」

「そう、サラッと」

鏡餅がブルンと揺れて、眠たげな目とクチバシが現れた。

「うわっ」

「私の存在を知った者はタダじゃ済まないですケロ」

言っていることは物騒だが、イマイチ緊迫感に欠ける。

なんとも妙ちくりんな風貌《ふうぼう》の鏡餅は、持っていたキュウリを貪り始めた。

「ケロ……？」

「ひぃぃ！　た、祟らないでください！」

「しかし、ボリボリ貴方たちが私を目覚めさせたボリボリのも何かの縁。再びここにボリボリ呼んだのは他でもない……ンゴクン」

鏡餅もといケッピは前足を餅のように伸ばし、目の覚めるような土下座をしてみせた。

「人の子たちよ！　どうか私に力を貸してくださいケロ！　この通りですケロ……！」

学業成就のお守りを即席魔除《まよ》けアイテムにしていた一稀の思考は一時停止した。

ロボットモノや魔法少女モノの常套句《じょうとうく》が、ここ浅草かっぱ橋で飛び出すとは誰が想像できただろうか。

「断る」

そう言い切ったのは隣で金差しを構えていた悠だ。

「え、断っていいの？」

祟られるかも知れないのに？

一稀はそこが一番心配だったのだが、対する悠は超現実主義者だった。

当然、カッパの存在も信じてはいない。

「知るか。カエルの言うことなんて聞けるかよ」

「……カエルじゃねーよ」

足元から地を這《は》うような声がした。

「え、なに？　かえる？」

そして一稀は、カッパ王国第一王位継承者の地雷をあっけなく踏み抜いた。

「カエルじゃねーっつってんだろぉぉおおおお！」

慇懃《いんぎん》無礼な敬語を捨て去り空高く舞い上がったケッピは、暴走機関車よろしく太短いその足を高速回転させ始めた。

「なんか、ヤバい⁉」

ようやく身の危険を感じたふたりが逃げようと背を向けたその時。

「ヨクボォォオオオオ……サクシュゥウウウウ‼」

尻に今まで経験したことのない衝撃を感じた。

一稀と悠の記憶はそこで途切れている。

3

「ハッ……!?」

次に一稀が目を覚ました時、辺りは真夜中のようだった。

静かすぎる暗闇の中で、どこからか苦しそうな声が聞こえてくる。

「んンンンン……！　うぅンンンンン……！」

今まさに目の前で、ケッピの尻の穴から母体と変わらない大きさの何かが産み落とされようとしていた。

「ンンンン……アッハァン……！」

ボトン……

「うわぁああ！　カッパ!?」

ケッピの尻からひり出されたのは、羊膜に包まれた一匹のカッパだった。

「久慈が、カッパになってる！」

そのカッパが悠であることが一稀には分かった。なぜなら。

「お前もカッパだろうが！」

カッパ悠の指摘通り、一稀もまたカッパになっていたからである。

「私は王子であるがゆえに、カエルという侮辱を受けるとついカッとなって尻子玉を抜いてしまうのですケロ」

「た、たいへんだぁー！」

こうして一稀と悠はカッパになってしまったのだった。

「ここは欲望フィールドですケロ。人の世の裏側。人間にはこの世界もカッパも見ることはできませんケロ」

いつものかっぱ橋が、水の底に沈んでしまったようにひんやりと仄暗《ほのぐら》い。

ポツポツと街灯のような何かが赤く燃えている。

「つまり貴方たちは生きていて、死んでいるのですケロ」

「生きていて……？」

「死んでいる……？」

カッパになりたてホヤホヤの二匹には、まるで現実味のない話だった。

「待てー！　オレの箱ー！」

聞き覚えのある声がして、燕太がこちらへ走ってくる。

カッパ一稀は思わず駆け寄った。

「燕太！　僕だよ！」

しかし、燕太は全く反応を返さない。

「私に任せてくださいケロ。どれ、……プッ！」

おもむろに吹き矢を取り出したケッピが、燕太目がけて吹いた。

「ひぇっ!?」

燕太の額に「ア」のマークが貼り付いて消えた次の瞬間。

「うわ!?　でっかいカエル！」

「カエルじゃねぇえええ！」

「ぎゃぁあああああ！」

欲望フィールドに、燕太の悲鳴が轟《とどろ》いた。


かっぱ橋道具街の南に位置する交番には、ふたりの若い美丈夫が勤務しているらしいというのは知る人ぞ知る情報である。

SNS社会のこのご時世、そんな話題性に満ちた彼らがネットの好意や悪意に晒《さら》されずに済んでいるのは、ひとえに浅草という街が平和で、せいぜい猫探しか落とし物の管理が主な業務となっているからである。

少なくとも、表向きはそういうことになっている。

『次のニュースでぃっしゅ☆　浅草一帯で箱が次々に飛んでいくという事件が発生しています。ハコーン！』

謎の怪奇ニュースを告げるテレビを、ふたりの警官は涼しい顔でただ聞き流していた。

「ハッ……!?」

目を覚ました燕太は、もれなくカッパの姿になっていた。

「やれやれ、またつまらない尻子玉を抜いてしまったケロ……」

事態を把握できていないカッパ燕太を置いてけぼりにして、カッパ一稀が問う。

「そのシリコダマって何？」

「尻子玉とは、人間の欲望エネルギーを蓄積する臓器ですケロ」

「今すぐ元に戻せ！」

カッパ悠はこれ以上つき合っていられるかと息巻いている。

その時、カッパ一稀の背後から黒い影が忍び寄り、持っていた箱を奪い去っていった。

「あっ！　僕の箱！」

見上げると、黒いブヨブヨした生き物が、箱を抱えて空を飛び回っている。

生き物の頭には赤く光るランプがついていて、さながら深海魚の群れのようだ。

「カパゾンビの下《した》ッパーズですケロ。アレも人間には見えていませんケロ」

「オレの箱もあんな風に飛んでいったんだ！」

慌てふためくカッパ燕太の横で、カッパ悠も密《ひそ》かに焦っていた。

下ッパーズとやらが抱える箱の中には、悠の大事な箱もあったからだ。

「あの箱を開けられるとマズい……」

「僕は、箱を取り戻したい！」

いつになく感情的なカッパ一稀を窘《たしな》めるように、ケッピが告げた。

「私に着いてきてくださいケロ」


「これから貴方たちにはカパゾンビと戦っていただきますケロ。奴らは生前執着していた欲望を満たそうとしていますケロ」

見慣れたはずの赤い橋は、青く発光するリングに囲まれ、下ッパーズが彷徨《さまよ》って異様な雰囲気を醸し出していた。そして一際異彩を放つ存在がその中心に居座っている。

ヒトの形をしているソレは、頭部にあたる部分に巨大な箱がくっついていた。箱には目玉と口がついていて、うわ言のように同じ言葉を繰り返している。

『箱……、箱……、オレは箱が欲しい……』

ケッピの話を信じるなら、このカパゾンビとやらは生前箱に執着していた、ということになるのだろう。確かに、橋の上は下ッパーズが集めた無数の箱で埋め尽くされている。

だがそれがなんだ。知りたいのはどうすればこのバケモノを倒せるかだ。

けれどカッパ一稀には、箱を諦《あきら》めるという選択肢はなかった。それはどうやらカッパ悠や燕太も同じようで。

「カパゾンビは尻子玉を抜けば消滅しますケロ。カッパになった貴方たちになら抜けますケロ」

カッパになった三匹に残された道は、カパゾンビの尻子玉を抜くことしかないのだ。


『歌え、あの歌を！』


ケッピの声を聞いた瞬間。理屈を超えて、身体《からだ》が動いた。

カッパ一稀たちは不思議な歌を歌っていた。

それは、一度も聴いたことがないのに昔から知っているような、懐かしいのに鮮烈な印象の歌だった。そして歌を歌っている間、三匹はカッパ的パワーを存分に発揮することができた。

『カッパラエー！』

ケッピの合図と共に、カッパ一稀を先頭に一列につながった三匹は、カパゾンビの尻めがけて突っ込んだ。

『ギャァアアアアア！』

カパゾンビの魂の絶叫が吾妻橋に響き渡った。


カパゾンビの尻の中に突っ込んだカッパ一稀は暗闇の中にいた。

目を凝らしてあたりを見回すと、遠くから光を放つ玉が飛んで来るのが見えた。

玉の真ん中に漢字で「尻」と書かれているそれは、どこからどう見ても「尻子玉」に違いなかった。

「取った！」

尻子玉をキャッチしたカッパ一稀の足を摑《つか》んでいたカッパ悠と燕太は、カパゾンビの尻穴の縁で踏ん張った。

「引けー！」

「クソッ、抜けねぇ！」

カパゾンビも、尻子玉を抜かせまいと必死で肛門括約筋を締めつけてくる。

『やめろ！　オレの欲望を奪うな！』

控えめに言って、尻の穴から謎の液体とカッパの下半身が飛び出している光景はシュールだった。

しかし、カッパ一稀にも譲れない想いがある。

「絶対に尻子玉を抜くんだ……！　あの子と、つながるために！」

長い綱引きの末、肛門括約筋に打ち勝った三匹は、ついに尻子玉を抜いた。

「「「かっぱらったー！」」」

カッパ一稀の手の中の尻子玉は、ひんやり冷たくて、しっとりと濡《ぬ》れていた。

「これが、尻子玉……」

その時、カッパ一稀の意識が尻子玉に奪われた。いや、奪われたように感じただけかも知れない。


一稀の目の前には、見知らぬ男がいた。

顔はよく見えない。しばらくして、男はおもむろに服を脱ぎ始めた。

やがて一糸まとわぬ姿になった男は、傍《そば》にあった箱を手に取った。それは大手物流会社の箱だった。

男は箱を逆さまに掲げ持ち、ゆっくりと頭の上に降ろしていった。

男が箱を頭から被《かぶ》った瞬間。一稀の心にえも言われぬ安堵《あんど》と充足が広がった。

それは唐突に、脳をすっとばして胸のど真ん中にストンと落ちてきた。

「そうか、盗んだ箱を裸で被るのが好きだったのか……！」

ドロリ……

突然、カパゾンビの尻子玉が溶け始めた。

「うわぁ!?」

どこからか、ケッピの声が響き渡る。

『尻子玉は外気に触れると溶けてしまいますケロ！　早く私に転送するのですケロ！』

「て、転送!?　どうやって!?」

溶けゆく尻子玉を持て余す三匹の脳内に、またもやケッピの声が響いた。

『さらざんまいですケロ』

気がつくと三匹は、大きな声で叫んでいた。

「さら――！」

「さら――！」

「さら――！」

「「「さらざんまい！」」」

尻子玉を自らの体内に取り込んだカッパ一稀の身体が、眩《まばゆ》い光を放つ。

次の瞬間、三人の身体と意識はチョコレートのように溶け出した。


それが現実なのか夢なのか、誰にもわからない。宇宙とひとつになるような、自分が他人であるような、それは不思議な感覚だった。自分が矢逆一稀なのか、久慈悠なのか、陣内燕太なのかはっきりしない。三人の意識は渾然一体《こんぜんいったい》となっていた。

熱い原始の海で、薄い膜の中ぶつかり合って結合する分子のように。叫び出したくなるほどの熱、感じたことのないエネルギー、肌の下が澄み切った水で満たされるような快感。

それはまるで、眠れぬ夜のはち切れそうな欲望をついに解き放った朝のような。

はじめて自分の欲望に触れて感じる、恍惚《こうこつ》とした背徳感に似ていた。

有り体《てい》に言えば、とにかく気持ちがよかった。

気持ちよくてしかたなくて、誰にも言えない後ろめたさがあって、それでも気持ちがいいからやめられない。こんな世界があるなんて知ってしまったらもう戻れない。

カパゾンビの尻子玉が持つ引力に、一稀たちが胸の奥底に隠していた欲望が、いとも簡単に引き摺《ず》り出された。


『漏洩《ろうえい》します』

意識はさらにジャンプして、今朝浅草で起こった出来事の追体験が始まった。

そのこと自体にさほど驚きはなく、過去の再現映像を見ているような感覚だった。

この時の三人は、まるで理解していなかった。

物事には、いや、この世界には表と裏があることを。


追体験は、一稀の登校シーンから始まった。

吾妻サラのラッキー自撮り占いを確認した一稀は、箱を抱えてとある児童公園に向かった。

目的は2台しかない遊具を差し置いてこの小さな公園の中心に設置されている多目的トイレだ。

バリアフリーの個室に入る一連の動きに迷いはなく、毎日繰り返されていることが窺《うかが》える。

「これって、今朝の僕?」

ボンヤリと自分を見ていた一稀はハッとする。

境界が曖昧《あいまい》なはずの身体から大量の冷や汗が吹き出る感覚。

「やめろ、見るなーーー!」

しかし発声器官すら持たない一稀の声が届くはずもなく、追体験は容赦なく続いた。

トイレというプライベートな個室空間。一稀は、おもむろに制服を脱ぎ始めた。

そして箱の中から取り出した服を次々身に纏《まと》っていく。服の次は特徴的な赤い靴。靴の次はつやつや黒髪ロングのウィッグ。丁寧にブラッシングしたあと、くちびるを尖《とが》らせてピンク色のリップクリームを薄くひと塗り。仕上げに皿を思わせるヘッドドレスを頭に載せる。

鏡に映し出されたのは、ご当地アイドル・吾妻サラそっくりの一稀の姿だった。

一稀の欲望を纏った尻子玉が悠の意識に流れ込む。

ラッキー自撮りアイテムである箱を求めて彷徨うサラ一稀が、ちょうど車上荒らしをしていた悠の犯行現場に居合わせた。

そこから先は、知っての通りのやりとりが交わされる。

もっとも、サラ一稀のお目当ては駐車場に積み上げられた箱であり、決して車上荒らしをしていた悠ではなかったのだが。

「あの時の女はお前か！」

悠が何事か叫んだが、それも音にはなることはなかった。

その間にもシーンは移り変わり、すべての真相が燕太の意識になだれ込んでくる。

サラ一稀は悠を振り切って素早く制服姿に戻り、何食わぬ顔で箱を抱えて多目的トイレを後にした。

その足でかっぱ広場に立ち寄り、早速撮った自撮りをトーク画面にアップする。

あの子へのメッセージを添えて。

【今日のラッキー自撮りミッション、コンプリートでぃっしゅ☆】

すぐにあの子からの返信がくる。

【ありがとう！　サラちゃんのおかげで毎日ハッピーでぃっしゅ☆】

「一稀が吾妻サラの女装をして、SNSでなりすまししてるなんて……！」

燕太の声にならない驚愕《きょうがく》は、しかしひとつに混ざり合っている他のふたりにも嫌というほど体感できた。

一稀の心の叫びも、もちろん例外ではなかった。

「誰にも言えない秘密を……、知られてしまったぁ――――！」

こうして、カパゾンビの尻子玉は正しく転送され、ケッピがゴクリと飲み込んですべてが終わった。

『欲望、消化』

4

「元の姿に、人間に戻った……！　オレの箱も戻ってきた！」

カッパ広場に燕太の歓声が響く。

悠は箱を抱えて憮然《ぶぜん》としていた。大事な箱を取り戻して一件落着のはずだったが、あの摩訶不思議な体験を夢で済ますには、感触がリアルすぎた。

「尻子玉を転送する時に見えたアレはなんだ？」

台座の上で、満腹満足といった風のケッピが応《こた》える。

「ゲップ……。さらざんまいとは、身も心もつながるということですケロ。知られたくない秘密もすべて共有しますケロ」

「じゃあアレは、一稀の秘密だったのか……？」

燕太が振り向いた先。

広場の入り口には、ひっくり返された女装グッズと蹲《うずくま》る一稀の姿があった。

「……そうだよ。僕は吾妻サラの女装をして自撮りを撮ってるおかしい奴なんだ！」

自分を貶《おとし》めるような一稀の言葉に、我慢できず燕太が口を開いた。

「気にすんなよ。そりゃびっくりしたけど、こんなことでオレたちの関係が変わるわけじゃないって……」

対する悠は呆《あき》れたように吐き捨てる。

「お前本気か？　女装してアイドルになりすましてるような奴だぞ」

「オレたちには、ちょっとやそっとじゃ切れないつながりがあるんだよ！　久慈こそピッキングなんて犯罪だぞ！」

「お前に説教される筋合いはない」

「なんだと!?」

喧嘩《けんか》っぱやい燕太が、悠の胸ぐらを摑んだその時。

「うるさい！　うるさい！　うるさい！」

一稀の大声でふたりは動きを止めた。

地面に散らばった女装グッズを摑んでは箱に投げ込みながら、一稀が叫ぶ。

「好き勝手言うな！　誰かに分かって欲《ほ》しいなんて、これっぽっちも思ってない！　このつながりは僕だけの、僕とあの子だけのつながりなんだ！　そのためなら僕は……、いくらでも自分を偽ってやる！」

静まり返ったかっぱ広場に水を差したのは、他でもないケッピだった。

「まぁまぁ、クールダウンしましょうケロ。今日のお礼に良いものを差し上げますケロ」

そう言うと、ケッピの背中の甲羅が神々しく輝き出した。小さな広場が一面眩い光に包まれる。

煙と共に勿体《もったい》ぶるようにゆっくりと開いた甲羅の中から、金色の皿が姿を現した。

「これはどんな望みでも叶《かな》えることができる『希望の皿』ですケロ。いいですか、大事なことを言いますケロよ。この皿はカッパ王国第一王位継承者である私だけが生み出すことのできる大変貴重でありがた」

「マージでー!?」

ひょい、と燕太の手が皿を奪っていった。

「そんならさ、カッパ巻き一年分とかもアリ？　一稀好きだよな、カッパ巻き！」

燕太がぞんざいに扱っていた皿が光り、「カッパ巻き一年分」という文字が浮かび上がった。

次の瞬間、広場に超特大のカッパ巻きが降って来た。

「どわぁっ!?」

広場を埋め尽くすカッパ巻きの上でケッピが言った。

「叶えられましたケロ」

パリーン！

金色の皿は割れて跡形もなく消えてしまった。

「ちょっと待って！　今のナシ！」

必死で掻《か》き集めてももう遅い。

項垂《うなだ》れる燕太の隣で、悠も予想外の出来事に面食らっていた。

「嘘じゃ、ないのか……」

「これからもカッパになって、カパゾンビの尻子玉を抜いてもらいたいのですケロ。貴方たちに叶えたい望みがあるのなら……」

一部始終を黙って見ていた一稀は、ケッピの最後の言葉に小さく反応を示した。

この世界は、つながりに溢《あふ》れている
血のつながり、街のつながり、想いのつながり
みんながつながっている世界

でも、そのつながりは簡単に消えてしまう
僕はそのことを誰より知っている

僕は今度こそこのつながりを守らなきゃいけない
そのためなら、なんだってする

夜の吾妻橋は、先ほどまでゾンビがいたとは思えないほど静かだった。
川面《かわも》に映り込む橋脚の光が美しく揺れている。
川辺に佇《たたず》む一稀の足元には、中身のバレてしまった箱。
その手の中にはサラマスコットストラップが付いたスマホが握り締められている。
【おやすみ、サラちゃん】

あの子からのメールに、おやすみと返信を打つ。

たったそれだけのことなのに、画面をタップする指が重く感じる。

【おやすみでぃっしゅ☆】

やっとの思いでメールを送信した一稀は、箱を抱え上げて家路についたのだった。

5

一稀たちが長い一日を終えて眠りについた頃。

かっぱ橋道具街の南に位置する浅草川嘘《かわうそ》交番では、ちょっとした事件の気配が漂っていた。

ひとりの男がふたりの警官に対して身の潔白を訴えている。

「オレはやってにゃい！　こんなのは不当逮捕だ！」

男の座る事務机の上では、沢山の地域猫がにゃーにゃーと鳴いている。

その横には、男のものと思《おぼ》しきスマホが置かれていた。

色白で眼鏡をかけた警官が鋭い眼光でひと睨《にら》みすると、交番のドアがひとりでに閉まった。

男が座っている床が変化し、真っ赤なハートマークが浮かび上がる。

「始まらず、終わらず、つながれない者たちよ」

眼鏡の警官の低い声が合図だった。

「今、ひとつの扉を開こう……」

金髪に褐色の肌という派手な見た目の警官が、おもむろに男に銃口を向ける。

「ひぃっ⁉」

引き金は、躊躇《ためら》いなく引かれた。

「欲望か？」

「愛か？」

どこからか何かの駆動音が聞こえてくる。それに加えてどんどん大きくなる太鼓の音。

何か大変なことが起ころうとしているのに、男はもうその場から動けない。

「欲望、搾取《さくしゅ》！」

ふたりの警官が叫んだ後、男の姿はどこにもなかった。

ただ、机の上に転がっているスマホの真っ暗な画面に、真っ赤なハートマークのノイズが走っただけだった。

第二皿　猫

1

『これからもカッパになって、カパゾンビの尻子玉を抜いてもらいたいのですケロ。貴方たちに叶えたい望みがあるのなら……』

目が覚める少し前。誰かの声が聞こえた気がした。

一稀のすぐ目の前には見慣れた天井がある。二段ベッドの上で寝ているので立ち上がると頭がぶつかってしまう近さだ。ベッド横の大きな窓には赤と白のボーダー柄のカーテンがかけられていて、その隙間から差し込む光が今日も晴れだと伝えてくる。

「望みが叶う皿……」

ぼんやりと、昨夜の出来事を思い出す。

アレは悪い夢だったのだろうか？

「カズちゃん！」

ベッドの下から元気な声がして、一稀はのそのそと身体を起こす。

小さな男の子がベッドに腰掛けてこちらを見上げている。

一稀の弟の春河《はるか》だ。

「ねぇねぇ、今日のニャンタローのご飯、『おさかなざんまい』でいいかなぁ？　昨日は『お肉ざんまい』だったもんね？」

一稀はそれには答えずに、ハシゴを降りて部屋の引き戸に手をかける。

春河は特に気にもせず、手にしたスマホにメッセージを打ち込み始めた。

「えっーと、サラちゃん、グッモーニン！　サラちゃんはぁ、ネコって好き？　そーしんっと！」

一般家庭の住まいの中で、誰にも邪魔されない場所は限られている。

便座に腰掛けた一稀の手にはスマホが握られていた。

【サラちゃん、グッモーニン☆　サラちゃんはネコって好き？】

一番上のトーク画面には、届いたばかりのメッセージが表示されている。

一稀は即座に返信を返した。

【グッモーニン☆　サラは猫さんが大好きでぃっしゅ☆】

送信ボタンを押して、ため息をひとつ。

トーク画面の上部には「春カッパ」と表示されている。これは、春河のアカウント名だ。

一稀が何よりも大事な三つのルールに従い、吾妻サラのフリをしてつながっている相手は、弟の春河だった。

一稀は春河のために、希望の皿を手に入れたいと思っている。

『グッモーニン☆　毎日ハッピー、ラッキー自撮りでサラにハッピー、吾妻サラでぃっしゅ☆』

リビングのテレビから、少し眠たそうなサラの声が聞こえる。

「グッモーニン☆　春カッパでぃっしゅ☆」

テレビに応えて、春河が手をひらひらと動かす。

「春河、サラちゃんばっかり見てないで食べちゃいなさい」

向かいに座った母親が窘める。

「はぁい！」

「春河は小学校で春カッパって呼ばれているのかい？」

隣の父親が素朴な疑問を口にする。

「えへへー。ヒミツ！」

そんなどこにでもありそうな家族のやりとりを、一稀はドアの向こうから聞いていた。制服に身を包み、箱を抱えて部屋を出る。

一稀たちの子ども部屋から玄関へは、リビングを通らないと出られない。そんな些細《ささい》なことが一稀の心を重くする。なるべく音を立てずに出て行っても春河には見つかってしまうのだ。

「あ、カズちゃん！」

「おはようカズくん。ご飯できてるわよ」

毎日繰り返されるやりとり。用意されている四人分の朝食。そして一稀の答えは変わらない。

「ごめん。もう行くから」

「そう……、気をつけてね」

「待ってまって！　ボクも行く！」

慌てて朝食をかき込む春河を、一稀は玄関で待ってやる。

ふたりには毎朝の日課があった。


一稀たちが住むマンションの目の前には隅田川が流れており、川沿い一帯は隅田公園と呼ばれ観光客や愛犬の散歩、ランニングなどの利用者で賑《にぎ》わっている。

その遊歩道の堤防に腰掛けた春河が、丸々と太った茶トラの地域猫におさかなざんまいを与えている。

「ねぇねぇカズちゃん、ニャンタローちょっと太ったかな？　はじめて会った時はもっとスリムだったよね？」

スマホでラッキー自撮り占いをチェックしていた一稀は、生返事を返す。

「変わんないだろ」

春河は当時を思い出すように笑って言った。

「えへへ、でもボク嬉《うれ》しかったなぁ。カズちゃんがニャンタローに会わせてくれた時。ずっとネコ飼ってみたいって思ってたボクの願いを、カズちゃんが叶えてくれたんだよ！」

『さぁて、今日のラッキー自撮りアイテムはぁ～？』

スマホ画面の中でサラがルーレットから引き当てたのは、

『ニャオーン！　猫さんでぃっしゅ☆　サラは猫さんが大好きでぃっしゅ☆』

ネコと書かれた皿を持ってクルクル回るサラを見て、一稀は胸を撫《な》でおろす。

「良かった、本人も猫好きで……」

「あっ、サラちゃんだ！　カズちゃんもサラちゃん好きなの？」

「いや、全然」

スマホケースもストラップもアサクササラテレビグッズの一稀が言っても信憑性《しんぴょうせい》に欠けるが、ここでボロを出すわけにはいかない。

「ボクはサラちゃんだいすき！　そうだ、ボクのすっごいヒミツ、カズちゃんにだけ教えてあげる！」

「え、いいよ」

嫌な予感がして断る一稀だったが、春河はお構いなしに話を続けた。

「ボクね、サラちゃんとお友達なんだ。毎日メッセージでお話ししてるんだよ。ほら！」

満面の笑みでスマホのトーク画面を見せてくる春河に、一稀は努めて冷静に言い放つ。

「それ、騙《だま》されてるんじゃないの？」

春河だってもう小学校四年生だ。一稀のちゃちな女装で完璧に信じてくれているかは怪しい。

一稀はあえてニセモノの可能性をほのめかした。

「ちがうよ、本物のサラちゃんだよ！　見て！　これも、これも、これも！」

頰《ほ》っぺたを膨らませた春河がスマホの画面をスワイプする。

映し出されたのは、イカと自撮りしたサラ。壺《つぼ》と自撮りしたサラ。米と自撮りしたサラ。

僕だ、僕だ。僕だ！　全部僕が女装した自撮りだ！

「えへへー、すごいでしょ？」

カケラも疑っていない様子の春河に、一稀は小さくガッツポーズをした。


とあるマンションの、とある一室。

その薄暗いバスルームから、シャワーの水音が絶え間なく聞こえてくる。その合間に、何か大きな生き物が水中で暴れる音。さらにはくぐもった呻《うめ》き声。

狭いユニットバスに男が三人。うち一人は布で顔を覆われて、浴槽に沈められている。

「どっからこのルートを嗅《か》ぎつけた？」

壁にもたれていたダークグレーのスーツの男がダルそうに尋ねる。

「知らねっ、オレは何もっ、ぶはっ！」

口を利くことを許された浴槽の男は、すぐさま頭から水中に押し込まれた。

男を沈めているのは、黒いパーカーの少年、悠である。

「ちっ……」

いくら手足を縛っているとは言え、そこそこ鍛えられた成人男性を大人しくさせるには骨が折れる。しかし、悠のやり方には一切容赦がなかった。完全に水中に沈んだ男のもがきが収まっても、その手を緩めない。

「オレらだってこんなことしたくねーんだぜ？　ただ、どうしても口割らねぇってんなら……」

「ぶはぁっ！」

ようやく緩んだ悠の手を逃れ水面に顔を出した男が認識できたのは、スーツの男の背中から抜き出された銀色に鈍く光る得物と、

「ブスッと行くぞ……！」

ソレが差し込まれた自分の舌の冷たい鉄の味だけだった。

早朝の隅田川、水上バス乗場に黒い影がふたつ並んでいる。

ひとつは悠、もうひとつはスーツの男だ。男はその風貌に一ミリも似合わない棒付きキャンディーを咥《くわ》えている。

「ったく気ィつけろ？　いつでも助けてやれるわけじゃねぇんだからよォ」

先ほどの風呂場での一幕は、悠の失態が招いたトラブルへの対処だった。

「もうあんなヘマはしない。だから俺も連れて行ってくれ」

悠は縋るように男を見上げた。が、男はいい加減呆れたという表情を見せた。

「その話はもう済んだだろーが……お前はジャマだ」

予想していた返答だったが、いざ面と向かって言われると予想以上にキツい。

「分かってんだろ、お前も。次のヤマが成功すれば結構なカネが手に入る。その前にヤツらに見つかっちまえばオシマイだ」

「金なら俺が何とかする！」

悠の言葉に男は一瞬虚をつかれたようだった。

「……ハッ、ソイツはいいなァ。オレがしくじった時は頼りにしてるぜ？」

全く相手にされていない。いつだって、この男は悠を子ども扱いしてくるのだ。

そうしてまた、手の届かない所へ行ってしまう。

水上バスがふたりの前に滑りこんできた。

「っと、お別れだ悠。くれぐれも無茶はすんなよ？」

悠の頭を大きな手のひらがかき混ぜる。

もうガキじゃない、と言えばいいのに悠はいつだってその手を払いのけることができない。

「……兄さんも」

歳の離れた兄、誓《ちかい》は水上バスに乗って行ってしまった。

次に会えるのはヤマが成功した時だろうか。遠い未来の約束はあっても、今度の保証はどこにもない。

ただ待ってるだけなんてごめんだ。

悠は兄のために、希望の皿を手に入れたいと考えていた。


『次のニュースでぃっしゅ☆　今朝、隅田川で男性の遺体が発見されました。リバ〜☆』

吾妻サラがゆるい調子で深刻なニュースを伝えるテレビの前で、派手なバンダナを巻いた老女がしきりに手を合わせている。

孫の燕太は、昨夜苦労して取り戻した一稀への贈り物が入った箱をひっぱり出していた……はずだったのだが。

「なんじゃこりゃあ――――!?」

思わず叫んで後退《あとずさ》る。

「オレの箱じゃない……。ってことはこれ、久慈の……？」

「燕太！」

「ひぃっ！　姉ちゃん、脅かすなよ！」

咄嗟《とっさ》に箱を背中に隠した燕太を、音寧は怪訝《けげん》そうに睨む。

「何よ？　あ、さてはアンタまた！」

「ちげぇよ！　これは久慈の荷物と間違えて」

「あら。もう久慈くんと仲良くなったの？」

「んなわけないだろ！　アイツは、……久慈はヤバいヤツなんだ！」

これ以上、アイツを一稀に近づけちゃいけない！

燕太の背中の箱には、鉛色に光る拳銃が収められていた。

2

その日の放課後。全ての授業をうわの空で終えた燕太は、お腹《なか》が痛いと部活を休んで校門前に立ち尽くしていた。

本当はもっと早く一稀に銃のことを相談したかったのだが、一稀の隣が悠の席であるため、振り向くたびに視界に入ってしまって無理だった。

そんなわけで、燕太は帰宅する一稀を捕まえるつもりなのだった。

「別に、久慈にビビってるとか、そんなんじゃねーし。アイツがいる隣で話すと色々都合が悪いってだけだし。昨夜は成り行きでつるんじまったけど、オレはもともと気に入らなかったんだ。一稀には二度と久慈と関わらないように……」

燕太が悶々《もんもん》としている間に、箱を抱えた一稀が目の前を通り過ぎて行った。

「待てよ、一稀！」

慌てて追いかけて正面に回り込む。

「燕太？」

「あのさ、ちょっと相談したいことがあって……」

「ごめん、僕急いでるからまた明日」

「へ？　ちょ、ちょっと！」

呆気《あっけ》に取られる燕太を置いて、一稀はすでに歩き去っていた。

「なんだよ！　オレたちゴールデンコンビだろぉー!?」

ひとり叫び散らかしている燕太の背後、校門から出てきた悠が反対方向へ歩いて行った。

もちろん、燕太になど見向きもせずに。

浅草の観光名所のひとつに日本最古の遊園地である花やしきがある。

遊園地にしては少し手狭な敷地内に、ありったけのアトラクションを詰め込んだ重箱のようなテーマパークだ。一番の目玉は日本最古のローラーコースターで、最速・最高・最恐を誇るコースターは全国数あれど、一歩間違えば激突しそうな敷地の壁との距離感や、「最古の」という言葉を深く考えた時のスリルは日本一だと言えるだろう。

その花やしきの壁沿いを、悠は歩いていた。健全な笑い声が響く園内と打って変わって、園の外は子どもがひとりで歩いてはいけない雰囲気を醸し出している。

黒いパーカーのフードを被り、ファスナーもきっちり上まで上げた悠は、立ち並ぶ雑居ビルの間を抜けて、とあるビルにたどり着いた。

薄暗いエレベーターホールに足を踏み入れ、右手を握って人差し指の第二関節でボタンを押す。ゆっくり開いた扉の隙間から乗り込み、すぐにまた第二関節で閉じるボタンと階数を押す。

『こうすればアトがつかねぇんだよ』

昔、不思議に思って兄に聞いたやり方。今では意識しなくても身体が勝手に動くまでになった。些細な癖が、兄と自分をつないでくれている気がしている。

エレベーターを降り、突き当たりの部屋まで足音を殺して歩く。

静かに扉を開けた先は、目に沁《し》みるような紫色の空間だ。

並べられたプランターに生い茂る五枚葉の植物。送風機が向けられた壁際には逆さに吊《つ》るされた植物。そして、こぢんまりとした机の上には粉末状にされた植物の葉。

悠はまず、常備しているマスクと薄いゴム手袋を装着する。これですっかり仕事モードだ。

密室空間で、乾燥大麻を小分けの袋に詰めていく。さらにカムフラージュのため、その小袋を市販のキャットフードのパッケージに数個ずつ詰める。

これが悠の最大の資金源だった。

顧客は兄から引き継いだ常連客のみ。月に二度同じ客には売らない。客と直接会わない。匂いには気をつける。他にも細心の注意を払ってやってきた。

なのに、ルートを嗅ぎつけられた。その結果、兄の手を煩わせた。

悠は自分の失態を挽回《ばんかい》しようと焦っていた。

商売用のガラケーが振動する。贔屓《ひいき》の客からの注文だった。

「あぁ、問題ない。とびきり新鮮な野菜があるぜ。場所は……」

これでまた兄との暮らしに一歩近づける。

悠がそう思ったのもつかの間。

ドスン。

机の上に重たいものが落ちたような衝撃。

「あ？」

「ブニャ？」

通話を終えた悠が振り向くと、丸々太った茶トラの猫が、今しがた作り終えた「おさかなざんまい」のパッケージを咥えていた。

……猫？

見つめ合う悠と猫。先に動いたのは猫だった。

「ブニャン！」

体型からは想像できない機敏さを発揮した猫は、目張りされたビニールシートを掻《か》い潜《くぐ》り、窓の隙間から外へ飛び出した。もちろん、新鮮な野菜入りのおさかなざんまいを咥えたまま。

「コラァ！　待ちやがれ！」

大きな罵声と足音を立てながら、悠も部屋を飛び出した。


「おかしいなぁ、猫が一匹も見当たらない……」

今日も今日とて、一稀は吾妻サラの女装姿でラッキー自撮りアイテムを探していた。

いつもなら登校前に済ませてしまうこのミッションが、今日に限ってはコンプリートできていないのだ。

「猫なら楽勝だと思ったのに……おわっ⁉」

背中に衝撃を受けて、つんのめる。

「痛ってて……」

「ブニャ！」

ぶつかってきたのは茶トラの猫だった。

「ニャンタロー⁉　びっくりさせるなよ。……まぁでも、この際お前で手を打つか」

自撮りを撮ろうと近づいたサラ一稀に、ニャンタローが必死で何かを訴える。

「ブニャ！　ブニャ！」

「あれ、お前そのおさかなざんまいどうしたんだ？」

「見つけたぞ！　デブ猫野郎！」

「久慈？」

振り向くと、金差しを構えた悠が鬼の形相で立っていた。なんかデジャブである。

悠はサラ一稀には目もくれず、ニャンタローめがけて得物を振り回す。

「そいつを返せ！　ブスッと行くぞ！」

サラ一稀が慌てて間に入った。

「やめろ！　この子は僕と春河の大事な猫なんだ！」

ふたりがもめている間、当のニャンタローはおさかなざんまいからこぼれ出た小袋をフンフンと嗅いでいる。

「いいからどけ！　あっ⁉」

「ブニャアーン……」

パクッとニャンタローが食べたのは、悠の大事な大事な野菜の小袋だった。

「ふざけんな！　その腹かっさばいてやる！」

ブンブン金差しを振り回す悠を、必死で取り押さえながらサラ一稀が叫んだ。

「ニャンタロー、逃げろ！」

「ブニャッ！」

「逃がすかぁー！」

かくして、浅草大捜査線の幕が上がった。


「ったく一稀のヤツ。オレひとりでどうしろっつーんだよコレ……」

同じ頃。一稀にフラれた燕太は、悠の箱を抱えて歩いていた。

「やっぱ警察だよな、ふつうに考えて」

この先の道具街の入り口に確か交番があったはずだ。とにかくそこへ駆け込んでみようか。

燕太がそう思った時、ガシッと何者かに足を摑まれた。

「うわっ!?」

そのまま引き摺り込まれたのはかっぱ広場。

台座の上に干からびたケッピが腕を伸ばして横たわっていた。

「く、空腹で……、助けてケロ……」

「何すんだよケッピ！　オレ今それどころじゃないんですけど！」

3

花やしきのシンボル、ビータワーをバックにニャンタローが鳴いている。

「チョロチョロ逃げやがって！　降りてこい！」

塀の上のニャンタローに向かって金差しを振り回す悠を、追いついたサラ一稀が止める。

「ニャンタロー逃げて！」

「てめ、邪魔すんなよ！」

「邪魔する！」

「ブニャアーン……」

その隙に、ニャンタローは塀の向こうの園内へ消えてしまった。

入場口を目指す悠の後ろにピタリとサラ一稀が張り付いている。

「ついてくんな！」

「ついていく！」

執念深さではいい勝負のふたりだったが、その足は入場口前で止まることになった。

『本日カップル限定♡　ラブラブビー忍者祭り開催！』

でかでかと掲げられたその看板を、悠とサラ一稀は無言で見上げていた。

『カップル以外は入場お断り♡』

どうやら、花やしきの運営が平日の集客アップを見込んで個性的なイベントを開催してしまったらしい。

「……明日にするか」

「それがいいね……」

ふたりが入場口に背を向けたその時、何者かに手を掴まれた。

「ニン！　ニン！」

「「え？」」

「ラブラブカップル様一組ごあんなーい！」

気づいた時にはもう遅い。

ふたりは商魂たくましい忍者姿の係員によって、強制入場させられていた。

「美味なりケロ〜♡　美味なりケロ〜♡」

燕太に買って来させたしろはすキュウリ味を頭から浴びるケッピは、もとの丸々とした姿に戻っていた。

「ハイハイ、よかったケロね。……ったく、一稀は安定の既読スルーだし、どうすっかなぁ」

「ゲップ！　呑気《のんき》に構えている暇はないですケロ。今この時にも奴らの魔の手がこの街に忍び寄っているのですケロ」

「ん？　魔の手……？」

ピロリン。燕太のスマホが鳴った。

「一稀!?　って、なんだ姉ちゃんかよ……」

燕太のスマホに届いたのは、音寧と彼氏の花やしきデート写真だった。

自分の生徒でもある弟に、こんな写真を送りつけてくる姉ってどうなんだろうか。

「人の気も知らないで、呑気にデートかよ！」

「全くですケロ。カパゾンビを倒すという使命があるのに、あのふたり危機感がなさすぎですケロ」

「は？　あのふたりって……」

人のスマホを覗《のぞ》き込んでくるケッピの言葉に、燕太はもう一度目を凝らして画像を見つめた。

彼氏にバックハグされて、往年の少女漫画の主人公ばりの笑顔の音寧。

その後ろに、子ども用のアトラクションに乗る一組のカップルが写り込んでいる。

「これって、……久慈と一稀!?」

本日の花やしきでは、ラブラブビー忍者祭りが開催されている。

ラブラブというのは愛し合っているふたりを形容する言葉である。そして忍者とは日本古来の傭兵《ようへい》の呼称である。

では「ビー」とは何か。その答えは「蜂《はち》」だ。

花やしきのシンボルであるビータワーの根元に、ミツバチ坊やの看板がくっついていることを知っている人はどのくらいいるだろうか。その昔、花やしきの公式キャラクターはパンダカーではなくこのミツバチ坊や、もとい「Ｂｅｅちゃん」だった。

園内を彷徨う一稀の外見は混迷を極めていた。

吾妻サラの女装の上に、ミツバチの触覚付きの額当て、忍者の黒装束をアレンジした衣装に、背中には羽と、針がついた大きな縞《しま》模様のお尻。

『本日ラブラブカップルはビー忍者に扮し、決して手を放すべからず』

つまりはミツバチ忍者のカップルコスプレイベントだったのだ。

サラ一稀は目の前を歩く悠の背中を、茫洋《ぼうよう》たる目で見つめていた。

これ、中途半端が一番恥ずかしいパターンだな。

ニャンタローを追いかけるために渋々入場した悠は、コスプレ断固拒否の構えを見せた。忍者係員との押し問答の結果、いつもの黒パーカーにミツバチのコスプレという、何かの罰ゲームのような格好になってしまっていた。

「いた！　デブ猫！」

急に走り出した悠に、ハッとしてサラ一稀も走り出す。これでもう何度目だろうか。

このまま手を放していると、面倒くさいことになるのだから学習してほしい。

「そこのラブラブカップル様！　つないだ手は愛の証《あかし》！　決して放されませんよう！」

忍者姿の係員が、笛を鳴らしながら警告してくる。

追いついたサラ一稀は、悠の手を引っ張ってにっこり微笑《ほほえ》んでみせた。

「放しちゃってゴメンでぃっしゅ☆　ダーリン♡」

「いや放せよ！」

「……手をつながないカップルは強制退場だよ！」

「……ちっ」

こうして手をつないだラブラブカップル（仮）のふたりは、猫を追いかけつつ花やしきのアトラクションを制覇していったのだった。

そして今、ふたりはスカイシップに乗り込んでいた。

「ラブラブカップル様、空の旅へごあんなーい！」

呑気な係員の声を背に、ハートでデコレーションされた船が花やしき上空へと漕《こ》ぎ出した。

その先のレールの上を、ニャンタローは悠々と歩いている。

「ニャンタロー！　早く逃げて！」

「てめ、いい加減にしろよ！」

「ニャンタローは僕と春河をつないでくれた猫なんだ！」

「ハルカって誰だよ。お前の恋人か？」

「春河は僕の……大事な弟だ」

大事な弟を、アイドルになりすまして騙している。

口に出してみると、目を背けていた罪悪感が押し寄せてくる。

でも、それでも一稀は春河に笑っていて欲《ほ》しかったのだ。ニャンタローには感謝してもしきれない。

「……猫を諦めてやってもいい」

悠がポツリと言った。

「ホント!?」

「そのかわり……希望の皿を寄越せ」

「……それはできない！」

ニャンタローが無事でも、希望の皿がなくては一稀の本懐は遂げられない。

「お前、自分勝手も大概にしろよ！」

「久慈こそ、ニャンタローになんの恨みがあるんだよ！」

ふたりが律儀に手をつないで言い争っている間に、ニャンタローの姿は消えていた。

4

浅草警察署、その大会議室にて、物々しい雰囲気の会議が行われていた。

会議室の扉には「浅草変死体事件捜査本部」と書かれた貼り紙。

薄暗い室内に、署長の声が響き渡る。

「本日未明に発見された、変死体の身元が判明した。猫山毛吉《ねこやまもうきち》38歳・無職。半年前、地域の飼い猫が次々捕らわれ全身の毛皮を剝《は》がされる『浅草猫ズルムケ事件』の容疑者として逮捕されたが、処分保留で釈放となった男だ。他殺の線で捜査を進める」

カシャ、カシャと前方に設置されたスクリーンの画像が切り替わる。

半年前の事件の証拠となった猫の写真だった。

愛猫《あいびょう》がズルムケにされている写真はおぞましく、とても見られたものではない。こんな残忍な事件の容疑者であれば、誰かに恨みを買っていてもおかしくはないという空気が会議室に流れていた。

その中で、おもむろに立ち上がる者がいた。例の警官二人組である。

「そいつは俺らがやったのさ！」

「それは昨日のことなのさ！」


それは昨日の夜のこと。

彼らが勤務する交番での出来事だった。

「オレはやってにゃい！　こんなのは不当逮捕だ！」

「始まらず、終わらず、つながれない者たちよ……」

眼鏡の警官、阿久津真武《あくつまぶ》がずっと掲げた写真には、猫山が風呂敷袋いっぱいに猫を攫《さら》っているまさにその時が収められていた。

「今、ひとつの扉を開こう……」

金髪の警官、新星玲央《にいぼしれお》がおもむろに猫山に銃口を向ける。

「欲望か？」

「愛か？」

猫山の頭上には巨大な和太鼓が出現していた。

「欲望、搾取！」

次の瞬間、猫山の姿は和太鼓に吸い込まれてあっけなく消えた。

ドン！

和太鼓の音をきっかけに、交番の床が地下に降り始める。

秘密の儀式の始まりだ。

捕らわれた男は箱詰めされ、ほかの無数の箱とともにベルトコンベアに乗り、地下の巨大建造物の奥底へと運ばれて行く。途中、ハートマークの烙印《らくいん》を押され、何百個もの箱が積み重ねられひとつの大きな塊になり、どこからともなく現れた赤いクレーンによって運ばれて行く。

「欲望を手放すな」

「欲望を搾り取れ」

玲央と真武が舞い踊りながら建造物の最深部にたどり着く。

薄暗い空間に、土星の輪のようなものに囲まれた和太鼓が浮かんでいる。

その中で、捕らわれた男、猫山毛吉の身体がメタモルフォーゼしていく。

土星の輪が光を放つと同時。

玲央が真武のシャツの合わせを大胆に引き破った。

真武の青白い肌の奥で、鈍色《にびいろ》に輝く心臓が応えるようにはげしく震える。

褐色の指先が躊躇うことなく白い胸のその奥に伸びてゆく。

ひくり、と真武の胸が震えるのはいつものことで、一滴の血を流すこともなく、玲央の手のひらが真武の心臓を包み込んだ。

その瞬間、真武の機械の心臓が眩く光を放つ。

それは玲央と真武がつながった合図であった。

真武の瞳には今にも溢れそうな涙の膜が張っている。

玲央は真武の恍惚などお構いなしに、手の中の心臓を勢いよく引き摺り出した。

それはふたりにしか咲かせることのできない真紅の華のように、暗闇の中で妖《あや》しく咲き誇っていた。

5

ビータワーの高く釣り上げられたお菓子の家の屋根で、ニャンタローが鼻ちょうちんを膨らませている。

「あんなところに！」

愛猫の身を案じるサラ一稀と手をつなぎっぱなしの悠は、いよいよ痺《しび》れを切らせていた。

「コラァ！　デブ猫！　そこで待ってろ、とっ捕まえてやる！」

悠の殺気を感じ取ったのか、鼻ちょうちんをパチンと割ってニャンタローが飛び起きた。

「ブニャニャッ!?」

今いる場所を忘れて、お菓子の家の屋根から飛び降りたニャンタローは、そのまま数十メートル下の地面に落下した。

「ニャンタロー！」

ふたりの脳裏にこの後の惨劇が過《よぎ》った。

が、しかし地面スレスレでニャンタローの身体はピタリと止まった。

かと思えば、今度はゆっくり回転しながら吾妻橋の方向へ飛んで行ってしまった。

それはまるで、昨夜の箱のように。

「これは……」

「まさか……」

「カパゾンビの仕業ですケロ！」

ふいに背後でケッピの声がした。

「一稀！　無事か⁉」

振り返った先にはビー忍者の格好をした燕太と、花魁《おいらん》の格好をしたケッピが手をつないで立っていた。

ヒュオオオ……

一陣の風が、ケッピの襦袢《じゅばん》を攫っていく。

後には竹馬に乗り、胸筋を膨らませたケバい化粧のケッピが残された。

言葉をなくしたサラ一稀を正気に戻したのは、メールの着信音だった。

それは春河からのＳＯＳだった。

【サラちゃん、大変！　ニャンタローがいなくなっちゃった！】

「春河が助けを求めてる！」

悠はニャンタローが飛んで行った方向を見上げて苦々しく呟いた。

「あの野菜がないと、金が！」

「三人でカッパになって、ゾンビの尻子玉を抜けば万事解決ですケロ」

「ダメだ！」

そう叫んだのは燕太だった。

「久慈！　これ以上一稀に近づくな！」

「燕太？」

不思議そうなサラ一稀に向かって燕太は告げた。

「いいか一稀、コイツはこんなモン持ってるヤバいヤツなんだ！」

燕太がズイと差し出したのは、使い込まれたトカレフ銀ダラ。

紛れもなく悠の銃だった。

「てめー、どこでそれを……返せ！」

「いやだ！」

「お前が持っていい代物じゃない」

「知るかよ！　とにかく一稀から離れろ！」

「……誰だって」

ずっと黙っていたサラ一稀が口を開いた。

「誰だって人に言えないことはあるだろ。僕は春河のためにニャンタローを助けたい。……そのためには久慈が必要なんだ！」

まっすぐなサラ一稀の視線を受けて、燕太は口を噤《つぐ》んだ。

「ヨクボォォオオオオオ……サクシュゥウウウウ!!」

そうしてサラ一稀は自ら尻を差し出し、ケッピの衝突を受け入れたのだった。


仲見世《なかみせ》通りを人力車が走って行く。

「さぁ、さらざんまいでサラッとつながりましょうケロ」

「また尻子玉のリレーかぁ」

ボヤくカッパ燕太をよそに、カッパ悠がケッピを問い詰める。

「前みたいに隠しごとが漏洩するんじゃないのか？」

「無論、戦いにリスクはつきものですケロ」

「……何があっても、僕はニャンタローを助ける！」

「「かっぱらったー！」」

今回のカパゾンビの欲望の対象は「猫」だった。

尻子玉を抜いたカッパ一稀が見たものは、猫好きが高じて、人間の男より猫を選んだ彼女にフラれた男の欲望だった。

『猫になりたい。猫ジェラシー……』

捕まえた猫の毛皮で作ったにゃんこスーツに身を包み、彼女の膝枕《ひざまくら》で夢を見る猫山の、満たされた感情が一稀に流れ込んできた。

「そうか、猫になるために、猫の毛を集めてたのか。大事な人に愛されるために……」

『知られてしまったニャー！』

猫山のカパゾンビは、破裂した。


「さら――！」

「さら――！」

「さら――！」

「「さらざんまい！」」

二度目にしてすっかり手順に慣れた三人が、快楽の海を揺蕩《たゆた》っていたのもつかの間。

ケッピの無情な声が響いた。

『漏洩します』

今回の漏洩も、尻子玉を抜いた一稀の番だった。

ある程度は覚悟していたものの、やはりいい気分とは言い難いものがある。

三人に流れ込んで来たのは、矢逆家の風景だった。

リビングのテレビでは、可愛らしい子猫たちが戯れる映像が流れている。

春河はそれを熱心に見つめていた。

隣に座る一稀は、つまらなそうな表情を作っている。

「いいなぁ、かわいいなぁ……。いつかネコ飼ってみたいなぁ……」

一稀たちが住むマンションは、動物の飼育が禁止されていた。

「猫か……」

春河とテレビを見つめながら、一稀はある計画を立てていた。

次のシーンは、広い芝生の庭付きの豪華なお屋敷だった。

豪邸の前に立つ一稀の視線の先には、派手なドレスを着せられたニャンタローの姿があった。

「矢逆とデブ猫……？　何やってんだ？」

悠の疑問はすぐに解消した。

一稀は庭先で日向《ひなた》ぼっこをしていたニャンタロー（当時はエリザベスだった）を抱え上げ、一目散に走り出した。

数日後、川辺に腰かけた春河のもとへ一稀がやってきた。

「ほら、地域猫のニャンタローだよ」

「うわぁ！　かわいい！」

一稀が抱いている猫の耳には、地域猫の証である切り込みが入っていた。

が、それは一稀が自ら施したものだった。

「一稀……、飼い猫を奪って無理やり地域猫にしたのか……!?」

ニャンタローにまつわる衝撃の事実に、燕太は声なき声を震わせた。

「そうだよ……、だって、春河を喜ばせたかったから……！」

『欲望・消化』


欲望フィールドが解除された頃。

ふたりの警官・玲央と真武は、地下の巨大建造物内をエレベーターで移動していた。

「どうやら邪魔者がいるようだ」

真武の手の中の犯行現場写真から、猫山の姿が消えた。

ピクッと眉《まゆ》を上げた玲央が呟く。

「急ごう。未来は欲望をつなぐ者だけが手にできる……」

不気味な機械音を立てながら、エレベーターはどこまでも上っていった。


カッパ広場では、無事に助け出されたニャンタローが、台座の上でいきんでいた。

騒動の中、用を足すこともできなかったのだろう。元来猫は便秘になりやすい。ニャンタローのように太った猫なら尚更《なおさら》だ。

そのニャンタローを前にして、ケッピから皿をもらった一稀と燕太は微妙な空気を醸し出していた。

「あのさ……、春河が大事なのは分かるけど、飼い猫を盗むのはマズいだろ……。傷までつけて、ニャンタローがかわいそうだぁっ!?」

突然背中を蹴《け》り飛ばされた燕太がつんのめる。

「何すんだよ!?」

抗議する燕太に向けられたのは、鉛色の銃口だった。

その持ち主である悠は、箱とビニール袋を抱えていた。

「奪われたら奪い返す。この野菜入りのブツはもらった」

ビニール袋の中身は、どうやらニャンタローの便秘の元らしい。

銃口を向けられて固まった燕太に、箱が投げつけられた。

「これ、オレの……！」

箱の中には燕太が買ったミサンガが入っていた。

昨夜の騒動で燕太と悠の箱が入れ替わっていたのだ。

「捨てられてないだけ感謝しろよ」

言い捨てた悠は、今度は一稀に銃口を向けた。

「その皿を渡せ」

「嫌だ！」

悠は一稀の答えを予感していたかのように静かに告げた。

「俺もお前も大して変わらない。欲しいものを手に入れるためには、なんだってやる人間だ」

図星を突かれ、押し黙った一稀を援護したのは燕太だった。

「一稀は弟のために皿を使う気なんだ！　お前とは違う！」

「そうそう、言い忘れていましたケロ」

またもや話の腰を折ったケッピは、竹馬に乗ったまま話し始めた。

「今回出た銀の希望の皿は、五枚揃わないと願いが叶いませんケロ」

「はぁ!?　そーゆーことは早く言えよ！」

憤る燕太をよそに、悠はさっさと銃を下ろして歩き出した。

「次は俺が手に入れる……」

悠の背中を見送る一稀は、苦い表情を浮かべた。

「それでも、僕は、春河のために……」


隅田川の川辺に、サラ一稀とニャンタローが並んで座っていた。

スマホのトーク画面には、先ほど送ったニャンタローとの自撮り画像がアップされている。

「ふぅ。今日のミッション、コンプリート……」

今日は色々なことがありすぎた。走り回ったサラ一稀の体力はすでに限界だった。

ピロンと音がして、春河からの返信が届く。

【ニャンタローだ！　無事だったんだね！】

【やっぱりサラちゃんの自撮りはラッキーを運んでくれるね！】

「よかったぁ……、ふわぁあ……」

春河のメッセージを見たら、ホッとしたのか強烈な眠気が襲ってきた。
ニャンタローも寝てるしちょっとだけ……
さらさらと流れる水の音が、すぐに深い眠りへとサラ一稀を誘《いざな》う。
夜景が煌《きら》めく川辺で、すうすうと寝息を立てるサラ一稀の上に、黒い影が落ちた。
ニャンタローがその気配に目を覚ます。
「ぶにゃ？」
ニャンタローのまん丸い猫目に飛び込んできた光景、それは。
眠るサラ一稀にキスをする燕太の姿だった――

第三皿　キス

1

よく晴れた日曜日の朝。

陣内家の居間では、いつものように祖母がお茶を啜《すす》っていた。

その前で、釣り女子スタイルの音寧が釣り竿《ざお》を磨きながら声をかける。

「えんたー！　ご飯よー！」

テレビでは、お決まりのアサクササラテレビが流れている。

そろそろラッキー自撮り占いが始まる時間のようだ。

「はよー……」

寝巻きの甚平《じんべい》姿で燕太が居間に入ってくる。あくびを噛《か》み殺しているのは、昨夜まったく眠れなかったからだ。

フラフラと卓袱台《ちゃぶだい》の前に座った燕太は、並べられた朝食を見てさらにゲンナリしてみせた。

「げ、また魚かよ～」

皿の上に鎮座する魚の開きを器用に箸《はし》で摘《つ》まみ上げると、音寧がすかさず言った。

「キスよ！」

「キスッ!?」

思わず魚を取り落としてしまった。

なんで！　どうして姉ちゃんが知ってるんだ!?

焦る燕太に気づかず、音寧はケロッとした顔で言った。

「今朝は鱚《きす》の一夜干しよ？」

「え？　あぁ、魚の鱚かぁ……焦った」

気を取り直した燕太は魚を皿に戻した。

「これ、また彼氏からのプレゼント？」

「そうよ、カッコよくて、魚も捌《さば》ける理想の彼氏！　今日もこれから釣りデートなの！」

音寧はこう見えて恋に生きる女である。恋愛をしていないと日々の活力が得られないのだと本人は言う。

たしかに、彼氏のことを語る音寧はキラキラして見えた。そんな惚気《のろけ》に当てられるのはもう慣れっこの燕太だったが、今日はやけに眩しく感じて嫌みの一つでも言ってやりたくなった。

「どうせなら、魚屋の彼氏より肉屋の彼氏がよかったなぁ……」

「失礼ね！　イエローカード！」

プリプリと腹を立てる音寧を無視して、味噌汁《みそしる》に口をつけたその時。

テレビの中で、サラが今日のラッキー自撮りアイテムを引き当てた。

『チュチュチュ～！　キスでぃっしゅ☆』

「ブッハァ!?」

燕太は思わず味噌汁を吹き出した。

「キスだってー！　今日のデート、彼にキスされちゃうかも!?　むしろ、私からしちゃうかも～!?　やだぁー！」

「ゲホッ！　ゴホッ……！」

むせる燕太とデレる音寧に、テレビのサラが笑顔で声をかけた。

『それじゃあ、今日も元気にグッドサラック☆』


隅田川にかかる吾妻橋の東のたもとは、西側と違って橋の下のトンネルが塞《ふさ》がれており通り抜けできない。そのためか人通りは少なく、ちょっとした広さもあって燕太にとっては格好の自主練スポットだった。

日曜日のスケジュールは大体決まっている。朝食後は、ここへきてゴミ拾いを済ませ、持ってきたボールで自主練をする。しかし、いつもなら時間を忘れて没頭しているリフティングも、今日は精彩を欠いていた。

「……はぁ」

ため息を落として、元はトンネルだった壁を振り返る。

そこには、白いペンキで描かれたサッカーゴールの絵があった。近づいて、確かめるように触れる。四年前に描かれたそれは、ペンキがはげて色褪せていた。

一稀が好きだ。いつから好きかなんて忘れたけど、この気持ちはもうずっとオレの中にあった。一稀がサッカーをやめるなんて認めない……。


十歳の頃、燕太は学校で少し浮いた存在だった。

両親の仕事の都合で、幼い頃から海外暮らしが長かった。活発な姉は、外国語が話せなくてもどこでも誰とでも友達になってしまう。一方の燕太は人見知りが激しく、日本に帰りたいと泣いては両親を困らせていた。

数年後、教職免許を取りたいという姉に便乗して、浅草の祖母の家で暮らすことになった燕太を待ち受けていたのは、帰国子女に対するよそよそしさだった。それは幼い燕太の思い込みで、周りはただ物珍しがっていただけだったのかもしれない。

しかしその思い込みは、引っ込み思案の燕太のこころを折るには十分だった。

放課後はいつも、校庭が見える校舎の陰でお気に入りのサッカー雑誌を眺めていた。クラスメイトたちが楽しそうにサッカーをしている声が聞こえてくる。

ボクもいっしょにやりたい！　その一言が言えなくて、燕太は膝を抱えて見つめることしかできなかった。そもそも、海外でもひとりぼっちだった燕太は、誰かとサッカーをしたことがなかったのだ。

そんな燕太に手を差し伸べてくれたのが一稀だった。サッカーは好きだけど初心者だと言うと、僕も始めたばかりだからと笑ってくれた。

『僕たちなら、きっとゴールデンコンビになれるよ！』

幼い一稀の右足には、青いミサンガが結ばれていた。

それは、燕太が大好きなサッカー選手が身につけているものと同じミサンガだった。

燕太は自分に向けて開かれた一稀の手を取り、それからふたりだけの練習の日々が始まった。

そんな時に見つけたのが、この橋のたもとの広場だった。

まだ幼かったふたりは、小さなサッカーゴールをペンキで描いた。それ以来ここは、燕太と一稀だけの秘密の練習場となった。

中学校の体育教師を目指していた音寧の指導もあって、ふたりは自他共に認める「ゴールデンコンビ」になっていった。試合中、燕太が出したパスから一稀がゴールを決めた時には、必ず一緒にポーズを決めた。

合言葉は、「さらっと！」

それは、燕太と一稀が大好きなサッカー選手の決めポーズだった。

しかし、一稀は数ヵ月前に、サッカーと決別することを選んだ。

青いミサンガも、一稀の右足から消えた。

一稀の気持ちを慮《おもんぱか》った燕太は、部活に顔を出さなくなった一稀を見守ることを選んだ。時間が経《た》てば、一稀はいつかまたサッカーに戻ってくると思っていた。

オレと一稀は、ガキの頃からのゴールデンコンビなんだ。あいつのことはオレが誰より知ってる。もう一度、オレのパスで一稀にゴールを決めて欲《ほ》しい。

燕太は、ポケットから小さな小箱を取り出した。一稀のために買った、新しいミサンガだ。渡そうと思った矢先に、一稀は退部届けを出してしまったのだけれど。

「希望の皿で一稀の望みが叶ったら、これを渡してゴールデンコンビ復活だ。他には何も望まない……」

ふと、昨夜のキスのことが脳裏を掠《かす》める。

結局、あの後目を覚ました一稀には気づかれなかった。

バレなくて安堵したはずなのに、こころのどこかで落胆している自分がいた。

今朝、音寧に八つ当たりしたくなったのは、きっとそのせいだ。好きなものに正直で、脇目もふらずにぶつかって行く姉の姿は眩しかった。その分玉砕することも多かったが、失恋の傷をものともせず、次の恋を実らせるためのガソリンに変えていた。

オレには到底真似できない。そう思っていたのに、一稀へのキスで、本当は気づいて欲《ほ》しいと思っている自分に気がついてしまった。こんなのは惨めすぎる。

「……なんでキスなんかしちまったんだよぉ～！」


今日も今日とて、サラ一稀はラッキー自撮りアイテム探しに精を出していた。今サラ一稀は、浅草でも珍しい鱚専門店「魚河岸《うおがし》キース」の店先にいる。

なんでもこの店の店長、キース・モットクレーは、鱚捌《さば》きなら右に出るものはいないという腕の持ち主で、看板には「キスを喰ってキスを磨け！」という謳《うた》い文句がでかでかと掲げられている。

「し、閉まってる……！」

ちなみにキース店長は大層見目麗しく、来店した女性をバックハグして写真を撮ってくれるというアイドル顔負けのサービスが噂になり、女性客が連日押しかける繁盛ぶりだという。

「サラはアイドルで、チュー写真は無理だから魚のキスでごまかそうと思ったのに……。どうしよう、今日のミッション！」

とにかく街中の魚屋を回るしかない。サラ一稀は短いスカートがひるがえるのもお構いなしに走り出した。春河のために、ミッションをコンプリートしなければならない。

2

太鼓橋がかかる池のほとりのベンチで、春河と燕太はババ抜きに興じていた。

「えーっとねぇ……こっち！」

最後の二枚のトランプから、ハートのエースを持っていかれて燕太が叫ぶ。

「うわぁ～、またやられた！」

「ラッキー！　ボクの勝ち！」

「春河マジ強すぎ。幸運の女神が味方してるとしか思えねー！」

「えへへー、サラちゃんのおかげかなぁ？」

ピコン！　春河の子ども用スマホが鳴る。

「あ、メール！」

器用にトランプをシャッフルしながら燕太が尋ねる。

「一稀から？」

「ヒミツ！」

春河のスマホのトーク画面には、サラからのメッセージが表示されていた。

【ごめんなサラ！　今日のラッキー自撮り、ちょっと遅くなっちゃいそうでぃっしゅ】

【だいじょうぶだよ！　お仕事がんばって】

すぐに返事を送り返して、春河が応える。

「カズちゃんとは、メールしないよ」

「あー、まぁ家でいくらでも顔見て話せるもんな！」

ってていうか、サラとしてなら春河と一稀はメールしてるんだけどな。

とは言わずに、燕太はお茶を濁した。気づけば、春河の表情が曇っている。

「カズちゃん、前みたいに笑ってくれなくなっちゃった。大好きなサッカーもやめちゃって、ミサンガも捨てちゃった……」

「あぁ……」

事情を知る燕太は、何も言えなくなる。ポケットに入れたままのミサンガが、重くなった気がした。

「ボクね、カズちゃんのサッカー見るの、すごく好きだったんだ！」

「……オレも、サッカーしてる一稀が一番好きだ」

「カズちゃんにまたサッカーやって欲《ほ》しいけど、ボクが言ってもダメなんだよね、きっと……」

春河は、幼いなりに一稀のことをちゃんと分かっている。

なら、オレはオレにできることをしなければいけない。

「だーいじょーぶ！　一稀は絶対にまた笑ってサッカーやるようになるよ！　オレに任せとけって！」

立ち上がり、胸を張ってドンと叩いてみせた。

「えへへ、カズちゃんとエンタ兄ちゃんは、ゴールデンコンビだもんね！」

「おう！」


隅田川の屋形船乗場近くにて、待ちぼうけを食らった音寧はため息をついた。

「キースおっそいなぁ、いつもなら遅れる時は連絡くれるのに……」

スマホを取り出して、彼氏の番号をコールする。

プルルル……プルルル……

魚河岸キースの真っ暗な店内で、床に落ちたスマホがどこにもいない持ち主に着信を告げていた。「陣内音寧」の文字と共に、キースと音寧のバックハグ画像が映し出されていた着信画面にノイズが走って現れたのは、真っ赤なハートマークだった。


春河と別れた燕太は、吾妻橋の西のたもとに腰掛けていた。

「一稀、春河の前でも笑わないのか……って、関係ないオレが首突っ込んでいい話じゃないよな……」

自嘲《じちょう》気味にそう呟いた直後。

「関係大アリだ！」

「え？」

振り向くと、吾妻橋の向こうから走ってくる一稀の姿があった。サッカー部で愛用していたウインドブレーカーを着ている。

「一稀……、どうしてここに？」

目の前までやって来た一稀は、いつになく真面目な表情で話し始めた。

「燕太に、伝えたいことがあって……」

「えっ……」

まっすぐな一稀の視線に、燕太の心臓が跳ねる。

この雰囲気、まるで告白じゃないか……？

「僕、またサッカーをやろうと思うんだ」

「ひえっ!?」

告白よりもすごいことを言われた。

「たくさん心配かけてごめん燕太。こんな僕だけど、もう一度ゴールデンコンビになってくれないか？」

燕太はもう感無量だった。

「ふわぁひぃぃ……！　今度は絶対、外すなよ！」

恭《うやうや》しく一稀の右足に新しいミサンガを結びつける。

「あぁ、約束する。僕たちは死ぬまでゴールデンコンビだ！」

「かずきぃ……！」

燕太と一稀は、久しぶりにゴールデンコンビのポーズを決めた。

「「さらっと！」」

あぁ、オレの望みが今、ついに現実に……

「ナニナニ？　このミサンガくれるの？」

「え？」

隣にいたはずの一稀は消え失《う》せ、ミサンガをつけた音寧がいた。

「ね、姉ちゃん!?　なんで!?」

「彼を迎えに行く途中なの、じゃあね！」

呆然《ぼうぜん》とした燕太を残して、音寧が走り去っていく。

「待って！　それは一稀の……！」

我に返った燕太は慌てて後を追った。

しかし、吾妻橋を渡り切るころ、燕太の目にさらなる衝撃の光景が飛び込んできた。

「お前ら、何してんだよ！」

燕太が駆けつけたのは秘密の練習場だった。

サッカーボールで遊んでいた他校の生徒が振り返る。

「あ？　皿中の陣内じゃん」

「よぉ！　どうしたんだ？」

見覚えのあるふたり。去年の大会で対戦した相手チームの選手だ。

「ここはオレと一稀の場所だ！　勝手に使うな！」

「はぁ？　訳分かんねぇんだけど」

「カズキってもう一人のフォワードだよな？　あいつサッカー部辞めたって聞いたけど？」

「へぇ？　じゃあオレらがここ使っても問題なくね？」

「一稀はすぐに戻ってくる！」

「え～？　だってお前を置いて辞めちまったんだろ？　裏切られたのに信じてんのとか、惨めじゃね？」

「うるせー！　黙れっ！」

言うが早いか燕太はひとりの選手を押し倒した。

「いってぇ！」

「テメ、何してくれてんだよ！」

もうひとりが燕太の胸ぐらを摑んで突き飛ばす。

喧嘩っ早いが決して強いわけではない燕太にとって、二対一では正直勝ち目がない。

「うぁあああああ！」

けれど、燕太はふたりに向かって突っ込んでいった。


浅草警察署、その大会議室にて、物々しい雰囲気の会議が行われていた。

会議室の扉には「浅草変死体事件捜査本部」と書かれた貼り紙。

薄暗い室内に、署長の声が響き渡る。

「本日未明に発見された、変死体の身元が判明した。キース・モットクレー・27歳。鱚専門店『魚河岸キース』経営。半年前に、結婚詐欺目的で知り合った女性を自殺に追い込んだ疑いで逮捕されたが、処分保留で釈放となった男だ。他殺の線で捜査を進める」

カシャ、カシャと前方に設置されたスクリーンの画像が切り替わる。

キースが何人もの女性と睦《むつ》み合っている写真が映し出された。

なんだこのリアルが充実しすぎてもはやフィクションと見紛《みまが》うレベルのイチャイチャ画像は。

ただ顔が良いと言うだけでこの格差。これだけモテにモテたなら、詐欺師じゃなくても逮捕するべき、という空気が会議室に流れていた。

その中で、おもむろに立ち上がる者がいた。玲央と真武である。

「そいつは俺らが釣ったのさ！」

「それは昨日のキスなのさ！」


それは昨日の夜のこと。

彼らが勤務する交番での出来事だった。

「もういいでしょう？　明日マイハニーとフィッシングで朝早いんです」

「始まらず、終わらず、つながれない者たちよ……」

真武がすっと掲げた写真には、キースが大勢の女性を侍《はべ》らせて豪遊している現場が収められていた。

「今、ひとつの扉を開こう……」

玲央がおもむろにキースに銃口を向ける。

「欲望か？」

「愛か？」

キースの頭上には巨大な和太鼓が出現していた。

「欲望、搾取！」

次の瞬間、キースの姿は和太鼓に吸い込まれてあっけなく消えた。

3

夕暮れの練習場。その地面に燕太は突っ伏していた。

顔や身体には無数の傷がつき、着ていた練習着も破れてしまっている。

「うわっ、なんだよテメー!?」

「イッテェ！　やりやがったな！」

微《かす》かに聞こえる騒ぎ声。誰かが自分の代わりに喧嘩をしているようだ。

気力を振り絞って開いた燕太の瞳に飛び込んできたのは、ミサンガをつけた右足だった。

「……かずき？」

明らかに劣勢の他校の選手が負け惜しみのように吠《ほ》える。

「くそっ！　関係ねー奴がしゃしゃってくんじゃねーよ！」

今まさに、相手を殴り倒した一稀が燕太を守るように立ちはだかって言った。

「関係大アリだ！　僕のゴールデンコンビに手を出すな！」

一稀の芸術的な回し蹴りがもうひとりの選手を直撃し、喧嘩は幕を閉じた。

「燕太！　大丈夫か？」

よろよろと起き上がりながら、燕太は悔しそうに零《こぼ》した。

「一稀……、オレのために危ないことしないでくれ。一稀に何かあったらオレ、死んでも死に切れない……！」

スッと手が差し伸べられる。

「気にするな。何があっても僕たちは、死ぬまでゴールデンコンビだ！」

そしてふたりは、ゴールデンコンビのポーズを決めた。

「「さらっと！」」

あぁ、もうオレ死んでもいい……

「いや、死なねーよ」

「え？」

転がった燕太を冷めた目で見下ろしていたのは悠だった。

「く、久慈!?　なんで!?」

「お前ケンカ弱すぎ」

「あ、アイツらは!?　……まさか助けてくれたのか？」

「別に、声かけたら逃げてった」

そう言って、悠は残されたボールでリフティングを始めた。

はるか向こうに、他校の選手がボロボロになって逃げていく姿が見えた。

「あ～、クソっ！」

「知り合いか？」

「去年ウチが負かしたチームの奴ら」

「へぇ」

いかにも興味がなさそうな悠を気にも留めずに、燕太は続けた。

散々格好悪いところを見られた後で、少し気が緩んでいたのかも知れない。

「ウチのサッカー部、結構いいとこまで行ったんだぜ？　去年は……一稀がいたから。お前が転校してきた日、一稀のヤツ休部してたサッカー部を辞めたんだ。オレは今でも認めてないけどな」

「辞めた奴に拘《こだわ》ってもしょうがないだろ」

悠の言うことはもっともだった。

「この場所で、ガキの頃から一緒に練習してきた……。一稀がいなきゃ、意味ないんだ」

「……兄弟みたいだな」

「そうかもな。……だから分かっちまうんだ。このままじゃ、一稀はもう二度とサッカーをしない」

「なら……」

「この場所を手放したら、オレ自身がそれを認めることになる。オレはもう一度、一稀にパスを出したい！　そのために希望の皿が必要なんだ！」

悠が無言で燕太に向かってきた。

思わず身を竦《すく》めた燕太の横を通り過ぎて振り返る。

「……皿は俺が手に入れる。お前らには譲らない」

やっぱり久慈と歩み寄ることなんかできっこない。

助けられた礼を言いそびれた燕太は、そう思い込むことで後ろめたさを紛らわせた。


日もすっかり暮れた頃、サラの女装を解いた一稀はカッパ広場でケッピに泣きついていた。

「どうしよう。鱚がどこにもないんだ。街中の魚屋も全部売り切れで……」

「カパゾンビの仕業ですケロ」

そう事もなげに言ったケッピの頭頂部の皿がくるりと回転し、中からアームが伸びてきてモニター画面が現れた。

画面に映し出されたのは、現在の吾妻橋の様子だ。

ケッピのモニターを通すと、人間の一稀にもカパゾンビや下ッパーズを見ることができた。

橋の真ん中にいるゾンビは、鱚の頭を持っていた。橋に集められた花嫁衣装の女性たちが、次々にゾンビとキスをして魚の鱚に変えられていっている。

キスの順番を待つ女性の中には、音寧の姿もあった。

「姉ちゃん⁉」

駆けつけた燕太が声をあげた。その後ろから、悠もやって来ている。

モニター画面に映し出された音寧の足首には、燕太のミサンガがしっかりと結ばれていた。

アレは一稀のためのミサンガなんだ……！

「ケッピ！　カッパにしてくれ！」

気付いた時には身体が動いていた。

「ヨクボォォオオオオオ……サクシュゥゥウウウウ‼」

ケッピは尻を突き出した燕太に容赦なく激突した。


「今日のカパゾンビの欲望の対象はキスですケロ」

キスという単語に反応したカッパ悠が、照れながら呟く。

「キッスは悪魔だって、兄さんが言ってたぜ……」

「それでも僕は、春河のためにキスが必要なんだ！」

「オレはミサンガを取り戻したい！」

それぞれの想いを胸に、今夜も戦いの火蓋《ひぶた》が切って落とされた。

『カッパラエー！』

ケッピの掛け声と共に、カパゾンビに向かっていく三匹。

『質より量！　奪ったキスの数こそすべて！』

「キスの質より量？」

『僕は世界中の女の子に愛されたぁーい！』

「コイツ何言ってんだ？」

カパゾンビの主張に、カッパ燕太のイライラが爆発した。

「誰でもいいキスに意味なんてない！　世界でたったひとりへの止められない気持ちの現れが、キスなんだぁああ――――！」

カッパ燕太の叫びと共に、カパゾンビは爆発した。

「さら――――！」

「さら――――！」

「さら――――！」

「「「さらざんまい！」」」

尻子玉の転送が始まった時、燕太ははじめて自分がやらかしてしまったことを悟った。

自らカパゾンビの尻子玉を抜いたということは、秘密が漏洩するということ。

だが後悔してももう遅い。

溶け始めた自我の境界線上で、燕太はこれから起こることを予感して戦慄《せんりつ》した。


『漏洩します』


はじめに流れ込んできたのは、サッカー部のロッカールームの光景だった。

部活の合間に抜け出してきた燕太が、一つのロッカーの前で立ち止まる。

ネームプレートには「矢逆」の文字。

燕太は勢いよくロッカーを開け、置いてあった一稀の練習着をひっ掴んだ。

そしてそれを胸に抱きしめ、限界まで息を吐いてから、布地に顔を埋《うず》めて……大きく吸い込んだ。

「やめろ！　見るなぁ――――！」

こんなのは嫌だ。たしかに自分の気持ちに気付いて欲《ほ》しいと思ったこともあるけれど、たとえ気持ちを伝えたとしても、この秘密だけは墓場まで持っていくつもりだったのに……！

燕太から尻子玉を受け取った悠は、揺蕩う意識の海で複雑な気持ちになっていた。

この先を、無関係の自分が知ってもいいものか。
しかし、始まった漏洩は止められず、三人の意識は混ざり合ってしまっている。
次のシーンは、夕暮れの教室だった。
またしても部活を抜け出してきた燕太が、一稀の机の中を漁《あさ》っている。
そうして取り出したのは……たて笛のケースだった。
ここまでくればこの後起こることは容易に想像がついた。
悠は自分の漏洩ではないのに、やめてくれ！　と叫び出したい気持ちだった。
茜《あかね》さす教室にひとり佇む燕太。
握りしめた一稀のたて笛の、その先端をマジマジと見つめて、ひと思いに口に含んだ。
本懐を遂げた充実感が、分かりたくもないのに分かってしまう。
「マジかよ……」
そこで尻子玉は悠から一稀へ送られた。
とうとう最後の漏洩が始まる。
それは昨夜のこと。
川辺で眠ってしまったサラ一稀に、燕太がキスをしたあのシーンだ。
「燕太が、僕にキスを……？」
一稀の戸惑いの感情を共有してしまった燕太は、もう叫ぶしかなかった。

「おわったぁああああああああ————！」


欲望フィールドが解除された吾妻橋の上で、気を失っていた音寧が目を覚ました。

「私、どうしてここに……？」

遅い時間にもかかわらず、橋の上はひとり歩きの女性で溢れている。

傍らの釣り道具を見て、音寧はデートの約束を思い出した。

「そうだ！　待ち合わせ！」

慌ててスマホを取り出し、すっぽかしてしまったことを謝ろうとした音寧だったが。

「あれ……、私、誰を待ってたんだっけ？」

音寧のスマホの待ち受け画面に設定されていたバックハグ画像から、キースだけが忽然《こつぜん》と消え去っていた。


同じ頃、地下エレベーターでは、玲央が消えゆくキースの写真を眺めていた。

「人間っていうのは愚かだねぇ。こんなに脆《もろ》いつながりに縋っているなんて……」

真武が黙って聞いていると、機械的なアナウンスが流れた。

『帝国より入電。帝国より入電』

すぐさまふたりは柱のハートマークに向かって跪《ひざまず》いた。

真っ赤なハートマークが点滅し、低くて粘り気のある声が響き渡る。

『ウッソー。近頃こちらへ転送される欲望エネルギーが著しく減っている……。まさかとは思うが、裏切りは死を意味する……』

神妙な面持ちで真武が応える。

「申し訳ありません。邪魔が入りました」

『ウッソー。言い訳は聞きたくない。精々励むがいい……』

「仰《おお》せのままに……」

慇懃無礼に玲央が応え、通信はそこで途絶えた。

4

「残念、今日も銀の希望の皿ですケロ」

冷や汗を流しながら皿を受け取った燕太に一稀が声をかけた。

「燕太。あのキスのことなんだけど……」

「うわぁあ!?　アレはっ、そのっ！」

慌てふためく燕太の後ろで、悠はあえての無関心を貫いている。

燕太が払った代価を思うと、今日のところは皿を諦めてやってもいいとすら考えていた。

一方の一稀も、違うベクトルで無関心を発揮した。

「別に気にしてないよ。サッカー部恒例の罰ゲームだろ？　僕はもう関係ないから……」

その言葉に、燕太の中で何かが弾《はじ》けた。

「……関係大アリだ！」

一度放った言葉は取り消せない。燕太は腹を括《くく》った。

「オレはお前のことばかり考えてるよ。サッカーやめちまったのも、お前が笑わなくなったのも、全部オレには関係ないことのせいだって分かってるけど！　でも、オレはずっと、お前とサッカーして助けられて……、今度はオレがって思って……クソっ！」

これ以上は泣いてしまいそうだった。

だから燕太は一稀にこの気持ちを殺してもらうことにした。

銀の希望の皿に取り戻したミサンガを載せて捧げ持つ。

「オレは一稀が好きだ！　オレと人生のゴールデンコンビになってくれ！」

頭を下げていても、一稀が息を呑《の》む音が聞こえた。

あぁ、これで終わりにできる。ひと思いにバッサリ切り捨ててくれ……！

一稀の手が、ゆっくりと皿のミサンガに伸ばされた。

「……伝わったよ。燕太の気持ち」

「え……」

顔を上げると、夢にまで見た笑顔の一稀がそこにいた。

「僕たちは、死ぬまでゴールデンコンビだ！」

「か、かずき……！」

燕太が贈ったミサンガをつけた一稀の足が一歩、燕太に近づいた。

燕太もそれに応えるように一歩、一稀に近づく。

すべての音は消え失せ、世界は一稀と燕太だけにスポットライトを当てているかのようだ。

肩に置かれた一稀の手に、力が込められたのを感じた燕太は、そっと目を閉じて踵《かかと》を上げた。

ふたりの唇があと少しで触れ合いそうな距離まで近づいて——

「んぶちゅちゅちゅちゅ〜〜〜〜ですケロ〜〜♡」

ハッと目を開けると、目の前いっぱいにケッピの顔が広がっていた。

「ん〜まっ！　奪ってしまいましたケロ……」

「うんぎゃぁあああああ！　オエェェ〜〜！」

恥じらうケッピをよそに、燕太がのたうち回る。

一部始終を見ていた悠は、だからキッスは悪魔だって言っただろ、という顔をしていた。

「燕太、どうかした？」

当の一稀は、春河へのメールの作成に忙しく、この騒動に参加すらしていなかった。

「えっ!? あぁ、な、何でもない！」

知ってた！ いつもの妄想だって知ってた！

「服もボロボロだけど、何かあったの？」

「えっ、あぁコレ？ ちょっと派手に転んじゃってさー！」

「燕太って、結構ドジだよなー」

「そうそう！ あは、アハハハハ！」

一稀の無関心に、何度も救われては、何度も叩き落とされてきた燕太は、今回も水に流すことを選んだ。

乾いた笑い声をあげる燕太を呆れた顔で見ていた悠が、何かに気づく。

燕太が持っていた銀の希望の皿の上に、いつのまにかドブネズミが乗っている。

「チュチュチュ～～～」

ドブネズミはミサンガを咥えると、目にも止まらぬ速さで道端の側溝の中に消えていった。

「待って！ あぁっ……！」

淀《よど》んだドブの中に、燕太の情けない声がこだました。

5

池のほとりのベンチで待っていた春河のもとへ、燕太がやって来た。

今日は日曜日。燕太が練習場で朝練をして、春河に会いに来る日だった。

しかし、燕太の表情は暗い。どかっとベンチに腰を下ろして、吐き捨てるように言った。

「あーあ、もうダメ！　ぜんっぜんダメ！　一稀にはオレの言葉なんかこれっぽっちも届かねーわ……」

荒《すさ》みに荒んでいる燕太を春河は気遣わしげに見つめる。

「本当はそんなこと、ずっと前から分かってたのに、見ないフリしてただけなんだ……。結局オレのひとり相撲のまま試合終了、なんてダッセーよなぁ！」

伸びをするふりをして立ち上がった燕太の表情は、春河からは見えない。

「だから決めたんだ、諦めようって。もうおせっかいはしないし、期待もしない……」

「エンタ兄ちゃん」

「ん？」

振り返ると、春河が手のひらを差し出していた。

その小さな手の中には、少しくたびれた青いミサンガ。

「これって……」

「ボクね、こっそり取っておいたんだ。カズちゃんが捨てたミサンガ」

春河は燕太の手を取って、ミサンガを握らせた。

「ボクはカズちゃんといっしょには走れないから……、いつかエンタ兄ちゃんからカズちゃんに渡してくれないかな？」

「え、あ、いや！　オレにそんな資格は……」

ない、と言うのを躊躇った燕太は、たしかにまだ未練タラタラだった。

一稀の幼馴染から退場宣言をしたそばからこんなことでは先が思いやられる。

「だぁいじょうぶ！」

春河がにっこり笑って言った。

「だってふたりはゴールデンコンビでしょ？」

一稀に当たって完膚なきまでに砕け散ったあの夜から、本当はずっとその言葉を誰かに言って欲《ほ》しかった。

燕太は手のひらのミサンガをぎゅっと握りしめた。

オレはまだ、諦めなくてもいいんだろうか……？

いや、諦められるはずなんて最初からなかったのだ。

だってオレたちはゴールデンコンビなんだから！

「ありがとな！　春河！」

「えへへー」

ふたりが笑いあっていると、遠くから呼ぶ声がした。

「春河ー！　時間よー！」

見れば、春河の母親が手を振っている。

「はーい！」

元気よく返事をして、燕太は立ち上がった。

「ボクね、今日すっごくいい夢を見たよ！」

「へぇ～！」

ベンチの裏に畳んであった車椅子《くるまいす》をセットして、春河を介助して座らせる。

「燕太くん、いつもありがとうね」

春河が歩けなくなってから、毎週日曜日は必ず病院のリハビリに付き添っている。

「おばさんこんにちは！　で、どんな夢だったんだ？」

「えっとね～、おっきなニャンタローに乗って宇宙を旅してたらね、星の王子さまに出会うんだぁ！」

「ははは！　なんだそりゃ！」

いつもの日曜日の午後が静かに流れていった。

幕間　雨

命の雨が降り注ぐ。
この国では、雨は天からの贈りものとして歓迎されている。
大地を潤し、すべての動植物を生かす雨。
生きとし生けるものにとって必要不可欠なもの。

幼いころ、雨の日がだいきらいだった。
雨は孤独を浮き彫りにして、どこの屋根にも入れないオレのこころを冷たく濡らした。
天に乞《こ》うなんて、真っ平だった。
かみさまなんて、オレは信じない。
いっそ世界が干上がればいいと、本気でそう思っていた。

あの日も、忌々しい雨が降っていた。
アイツはオレに向かって手を差し伸べた。
傷ひとつない真っしろな手のひら。

オレは薄汚れた自分の手が恥ずかしくなった。
同時に、その綺麗《きれい》な手を汚してやりたいとも思った。
すべてを諦めていたこころに、微かな欲望の火が灯《とも》った。

『手放すな。欲望は君の命だ』

ただ、居場所が欲しかった。
呼びかけに応える声が欲しかった。
伸ばした手の先に触れる温《ぬく》もりが欲しかった。
雨なんかよりも、オレにとって必要不可欠なもの。
気づかせてくれたのは、お前だった。

雨の日は余計なことを思い出させる。
思考を飛ばしていた玲央は、苦い顔で窓の外を睨んだ。今日の浅草は一日雨模様だ。
真武はいない。行き先の見当はついている。
そのことがさらに玲央の機嫌を悪くさせる。

「はやく、帰ってこいよ。真武……」

玲央の口から、雨しずくのような本音がこぼれ落ちた。
大人になった今も、雨の日はだいきらいだ。
伸ばした手の先に触れる、冷たい心臓の感触を思い出すから。

第四皿　蕎麦

1

今でも夢に見る。
あれは、四年前の冬の記憶。
浅草《あさくさ》を離れる前のこと。
乾いた破裂音と、明滅する光。
鼻を突く火薬の匂い。
鮮やかな赤。
肌を刺すような寒さの中で、触れた手の冷たさ。
「この世界は、悪いヤツが生き残るんだ……」
振り向いた兄の顔が、目に焼き付いて離れない。

2

『グッモーニン☆　毎日ハッピー、ラッキー自撮りでサラにハッピー、吾妻《あづま》サラでぃっしゅ☆』

リビングのテレビから、少し眠たそうなサラの声が聞こえる。

「グッモーニン☆　春カッパでぃっしゅ☆」

テレビに応《こた》えて、春河《はるか》が手をひらひらと動かす。

「いよいよ明日ね、春河」

「うん！」

「燕太《えんた》くんも一緒に行くんだっけ？」

「そうだよ、すっごい楽しみ！」

今日も春河の元気な声が矢逆《やさか》家に明るく響く。

意を決してリビングへの引き戸を開けると、車椅子《くるまいす》に座った春河が笑いかけてくる。

「カズちゃん！　おはよう！」

朝食はいらないと告げて、玄関で春河と父親が来るのを待つ。

数ヵ月前にリフォームされた室内は、隅々まで設計士の父親のこだわりが行き届いていた。

車椅子の妨げになるような段差は解消され、トイレも風呂場も広くなった。

すべての部屋は引き戸に生まれ変わり、いつか春河が摑《つか》まり立ちできるようになった時のために、壁には手すりが取り付けられている。

そのすべてから目を背けて、一稀《かずき》は突っ立っていた。

ニャンタローの餌《えさ》やりには、父親が付き添って春河を送り迎えすると決まっていた。遊歩道に着いて春河を座らせると、いつも近くのコーヒーショップのテラス席でコーヒーを飲んで待っている。

それが父親なりの気遣いなのだと、一稀はとっくに気付いていたが、結局は文句も礼も何も言えない毎日の繰り返しだった。

堤防にもたれて、スマホで今日のラッキー自撮り占いをチェックする。

『さぁて、今日のラッキー自撮りアイテムはぁ～？』

スマホ画面の中でサラがルーレットから引き当てたのは、

『ソバーン！　ソバでぃっしゅ☆』

「蕎麦《そば》か……」

幸いなことに、浅草には蕎麦屋がたくさんある。何ならカップ麺でもいい。

そんな事を考えていた一稀の耳に、とんでもないニュースが飛び込んできた。

『最後に、大事なお知らせだよ！　明日浅草で、サラの握手会があるんでぃっしゅ☆　みんな、サラに会いに来てね～☆』

「はぁ!?」

「ねぇ、カズちゃん。ボク、明日サラちゃんに会えるんだぁ！　すごいでしょ？」

「えっ！　まさか……握手会？」

「そうだよ！　本物のサラちゃんに会うのはじめてだから緊張しちゃうなぁ！」

『それじゃあ、今日も元気にグッドサラック☆』

一稀は顔を引き攣《つ》らせながら呟いた。

「バッドサラック……」


浅草のオレンジ通りからたぬき通り商店街に入ってすぐに、「蕎麦久《そばきゅう》」という名の蕎麦屋がある。馴染《なじ》みの客が出入りする、そこそこ評判のいい店だ。

しかし、店主が代替わりする前の蕎麦久を覚えている者はほとんどいない。

店の二階部分は居住スペースになっている。その一室で、悠《とおい》は兄と電話をしていた。

六畳一間の和室には、悠がこちらに戻って来た時のまま、ダンボールが開封されずに積み上げられている。

スピーカーの向こうからは、兄の声に混じって水音が聞こえてくる。何をしているのかなんて、今更確認するまでもなかった。

「あぁ、俺は変わりないよ。兄さんは？」

『こっちも相変わらずだ、心配すんな』

「そっか……」

『新しい学校はどうだ？　ダチはできたのか？』

「そんなの必要ない。どうせ出て行くんだから」

『まぁそう言うなよ。叔父貴《おじき》たちは？　ちゃんと面倒みてくれてんだろーな？』

「アイツらのことなんかどうでもいいだろ」

『あー、オレのせいでお前まで悪く言われてんのか？　すまねぇなァ』

「俺は何を言われたっていい！　店ののれんを守ったのは兄さんなのに、アイツら……」

『いいんだよ。これはオレとお前の一生の秘密だ』

「分かってる。兄さんが守った店だから、俺はここで待つって決めたんだ」

畳の匂いがする部屋に仰向《あおむ》けになって、悠は手の中で銃を遊ばせていた。

四年前、兄の誓《ちかい》の人生を狂わせた銃だ。悠にとっては呪《のろ》いの権化とも言える代物。

そんなものを悠は肌身離さず持っている。そうすれば、離れていても兄とつながっているように感じられた。兄の罪を自分も背負っているような気になれた。自分は許されない存在なのだということを、銃の無慈悲な冷たさと現実味のある重みが常に訴えかけてきてくれた。

『いい知らせだ。近いうちにそっちに顔出せそうだぜ』

悠は勢いよく起き上がった。

「本当に!?　じゃあ今度こそ、俺も一緒に行ける？」

『さァて、どうするかな？』

「約束だろ、全部決着が着いたらふたりで暮らすって……。もう離れてるのはごめんだ」

『オレだってそうさ。……今まで、そばにいてやれなくて悪かったな』

コンコン。

襖《ふすま》をノックする音に、悠は銃をベルトの後ろにしまい込んだ。決して襖が開けられることはないと分かっているが、用心するに越したことはない。

薄い襖の向こうから、怯《おび》えの混じった叔母《おば》の声がする。

「悠ちゃん？　お友達って子が来てるわよ……」

友達……？

心当たりはない。ことも ないが、厄介事は嫌いだ。

不機嫌に階段を降りて行くと、開店前の仕込みをしていた叔父と目が合った。

あからさまに視線を外して、店の入り口を目指す。

さも心配していますというように叔母の声が追いかけてくる。

「毎日遅くまでどこに行ってるの？　危ないことしてないでしょうね？」

「どうせ言う事聞きやしねーよ！　あの人殺し野郎のことだって、縁は切らねぇの一点張りなんだからなぁ！」

その点、この叔父は良くも悪くも正直な質《たち》で、言葉選びに遠慮がない。

これ以上雑音を聞きたくなくて、悠は店の戸を勢いよく閉めた。

店の名前は変わらないのに、あの日からすべてが変わってしまった。

蕎麦の味も、兄の誓も、悠自身も。


「お前かよ……」

予想はしていたが、当たると味気ない。

「い、言っとくけど、友達って言ったのは呼び出すためのウソだからな！」

悠を呼び出したのは練習着姿の燕太だった。

「……ハイハイ」

わざわざ店から離れた空き地まで連れ出したのに、燕太は躊躇《ためら》いなく触れられたくないところに触れてきた。

「ってゆーか、お前の家って蕎麦屋だったんだな！　オレん家《ち》年越し蕎麦は毎年蕎麦久だぜ。美味《うま》いよな、お前ん家の蕎麦！」

何のてらいもなく、持ってきていたボールでリフティングをしながら話す燕太に、毒気を抜かれた。

「……そりゃどーも」

「ん？　でもお前転校してきたよな。なんで？」

一呼吸をおいて、空を見上げた悠はポツポツと話し始めた。

店の蕎麦を褒めてくれたから、というわけではないが、さっきまでの刺々《とげとげ》しい気分は晴れていた。

「父さんと母さんが死んで、一時期浅草を離れた。今の店は親戚が引き継いでる。俺はただの居候だ」

「そっか……、なんかごめん」

素直に謝る燕太に、悠は水を向けた。

「俺のことより、お前何しに来たんだ？」

「そう！　それだよ！」

ハッとした燕太は、ずずいっと悠の眼前に迫って、勢いよく頭を下げた。

「頼む！　希望の皿を一稀に譲ってくれ！」

またその話かと思ったが、燕太が悠に絡んでくるなら、その話しかないだろうとも思った。

「お前……、散々あいつに振り回されて傷ばっか作って、なんで愛想尽かさねーの？」

悠から見れば、一稀の燕太に対する無関心は看過するには度を越していた。

前回の漏洩《ろうえい》で燕太の気持ちを強制的に知らされても尚《なお》、一稀のこころは弟以外には向けられなかった。

まぁ、もっとも燕太の一稀に対する執着も度を越しているのだが。

「一稀はオレの恩人だ。だから今度はオレが一稀を助ける！　そう決めたんだ……！」

その言葉が、悠の記憶を揺さぶった。


昔、兄の誓が言っていた。

この世界で生き残れないものは消えるしかない。消えたものは忘れ去られる。街も、建物も、人も、みんな同じ。消えたものは新しいもので上書きされる。この街では、誰もそのことを気にも留めない。


浅草はこう見えて、移り変わりの激しい街だ。観光名所として保全されていない建物や店は生き残り競争に日々喘《あえ》いでいる。

そんな街を横目に見ながら、いつのまにか兄と別れた水上バス乗場までたどり着いていた。

「今度は俺が助ける、か……」

認めるのは癪《しゃく》だが、どうも燕太の言動は悠のこころの琴線に触れてくる。

一稀とはまた違った意味で厄介《やっかい》なヤツだと思う。

なんて思っていたからか、もうひとりの厄介がアイドルの服を着てやってきた。

「いた！　久慈《くじ》――――！」

遊歩道の向こうから、サラ一稀が一目散に駆けてくる。

その勢いのままガバッと悠に抱きついた。

「うおっ⁉」

耳元で一稀の声が響く。

「吾妻サラを誘拐してくれ！　でぃーっしゅ☆」

「はぁ⁉」

悠が超特大の厄介に巻き込まれた瞬間だった。


「ふーっ、ふーっ……」

薄く色づいた唇が、可愛らしく尖《とが》っている。

コンビニでカップ麺を買ったサラ一稀は、高架下の駐車場で蕎麦を啜《すす》っていた。

パシャコン。

それをスマホのカメラに収めてやった悠が、呆《あき》れたように呟く。

「いや、冗談だろ？」

「ふふっ、本気でぃーっしゅ☆」

小首を傾《かし》げてサラ一稀が微笑《ほほえ》む。

一瞬、最初に出会った時のことを思い出してしまった。

転校初日の朝。ピッキング中に居合わせた吾妻サラもとい一稀のことを、普通に可愛いと思ってしまったこと。

「明日すすすうすう……、握手会の前にサラを誘拐すすすうすう……、して欲《ほ》しいすすすうすう……」

声に出して蕎麦を啜っているが、肝心の麺は一本ずつしか吸い込まれていない。

「食うの下手すぎだろ」

コクン……コクン……

蕎麦の出汁《だし》を飲むサラ一稀の輪郭が、陽に透けてキラキラと輝く。

ドクン……ドクン……

なんだか心臓がうるさい。

「ぶはぁ〜っ！　こんなこと、久慈にしか頼めないんだ！」

いつもの調子に戻った一稀を少し残念に思う自分を殴り飛ばして、平静を装う。

「……バレたら騒ぎになるに決まってんだろ」

「それなら大丈夫。僕が代わりにサラになる。握手の時に、ふたりだけの合言葉を言うって春河と約束しちゃったんだ」

「あのなぁ、そんなの上手《うま》くいくわけ」

「今までずっとこの秘密を守ってきたんだ！　僕は春河のために、サラである僕を守り通さなきゃいけないんだ！」

サラ一稀に圧倒された悠の思考は、またも過去に飛んだ。


弱いものは誰かに守られなければ生き残れない。

そう気付かされたのはあの時だった。

『蕎麦久　店主急死のため閉店致します』

真新しい貼り紙が、蕎麦久の表に貼り出された。

十歳の冬、両親が死んだ。

後から聞いた話では、友人に騙《だま》されて多額の借金を背負い込まされていたそうだ。

その頃、誓はすでに悪い奴らとつながっていて、ほとんど家に帰って来なくなっていた。それでも、幼い悠が頼れるのは兄の誓だけだった。

日が暮れても電気をつけることもできず、部屋の隅の文机《ふづくえ》にこぢんまりと供《そな》えられた両親の位牌《いはい》と遺影を眺めては日々をやり過ごしていた。

突然、荒々しく階段を上ってくる音がして、悠は身体《からだ》を強張《こわば》らせる。

ガラッと勢いよく襖が開いて、スカジャン姿の誓が現れた。

「兄さん……」

おかえりなさいと言う前に、丸めた何かが軽い音を立てて足元に転がった。

それは誓が投げて寄越した一万円札だった。

「それで当分自分の飯はなんとかしろ」

誓は両親の和箪笥《わだんす》の引き出しから、真珠のネックレスを取り出してニヤリと笑った。

「それ、お母さんの……」

咎《とが》めるような悠の声に、機嫌を損ねた誓が吐き捨てるように言った。

「死んだら終わりだ。カネになんなら、あの人らも本望だろうが」

自分たちの両親を、あの人呼ばわりする兄が遠い存在に感じられた。

「悪いことしちゃダメって、いつもお父さんが」

他に金になるものはないか物色する手を止めずに誓は断じた。

「善人ぶって、挙句死ぬなんて馬鹿のすることだ」

これには悠も我慢できなかった。

「お父さんとお母さんの悪口言う兄さんなんか嫌いだ！　兄さんが死ねばよかったんだ！」

ズドン！　瞬《またた》く間に顎《あご》を摑まれた悠は、壁に強《したた》かに背中を打ちつけた。

「ひぐっ……！」

痛みと恐怖で涙が滲《にじ》む。

「ブスッといくぞ……！　悠、覚えとけ。この世界は悪いヤツが生き残るんだ」


別の日の夜のこと。

蕎麦久の路地裏で、誓が体格の良い強面《こわもて》の男と隠れて会っているのを部屋の窓から見た。

当時は知る由もなかったが、男は浅草で幅を利かせていたグループ「ユリカモメ」の若頭・由利鴎《ゆりかもめ》であった。特徴的な笑い声と共に、鴎は布で包んだ何かを誓に手渡そうとしていた。

「誓よォ、お前も一人前なんだ。これくらい」

「いや、オレはまだイイっす」

「じゃあコレは、兄貴のオレから弟分のお前に預けるってことにしとくからよォ。……ナァ？」

これ以上逆らうのは得策ではないと判断したのか、誓は軽いため息と共に了承し、ソレを受け取った。

夜道に鴎の笑い声が不気味に響いていた。

悠が布団に入って寝たフリをしていると、程なくして誓が部屋に入ってきた。が、ガタガタと文机を鳴らすと、すぐにまた出て行ってしまった。

布団から這《は》い出した悠は、恐る恐る文机の引き出しを開けた。

そこには、暗闇《くらやみ》に鈍く光るトカレフがしまわれていた。

「……兄さんはやっぱり悪いヤツなんだ」

両親の写真の前には、シワの入った一万円札が無造作に置かれていた。

ほどなくして、蕎麦久は店を畳むことになった。

「僕たち、追い出されるの？　お父さんとお母さんのお店、なくなっちゃうの？」

久しぶりに家に帰っていた誓を問い詰めるも、返ってきたのは冷め切った答えだった。

「生き残れなかった奴は消えるしかないんだ。消えて、忘れ去られる」

「そんなの嫌だ！　僕は絶対忘れたりしない！　うちのお蕎麦の味も、お父さんとお母さんのことも……！」

幼い悠は最後まで反対していたが、無力な子どもにどうにかできるものでもなかった。

立ち退《の》きの前日、親戚夫婦が店の片付けにやって来ていた。

「やめて！　僕たちのお店に触らないで！」

足元に縋《すが》りつく悠を、厄介そうに見下ろして叔父が言った。

「んなこと言われてもなぁ、明日には立ち退きなんだしよぉ」

「本当に、畳むには勿体《もったい》ないけどねぇ……」

「カネ払えねぇんじゃ仕方ねぇだろ。お前ら兄弟の面倒見てやるだけでも有り難く思ってもらいてぇもんだ」

もう本当に終わりなんだ、そう悠が諦《あきら》めかけた時だった。

「カネならある！」

店の扉を開けて立っていたのは誓だった。

「誓！　お前今までどこ行って……」

叔父の言葉を無視して、誓は持っていたアタッシェケースをドンと机に置いた。

その中には、この店の権利証と札束が入っていた。

「店は取り戻した。このカネはアンタらにやる。だから……」

はじめて見る大金を前に言葉をなくしている叔父叔母に向かって、誓は告げた。

「この店を継いでくれ」

それは兄弟にとって苦渋の決断だった。

あの時の自分は非力で、ただ誓に守られるだけの荷物でしかなかったと、今なら分かる。


「久慈？　聞いてる？」

物思いに耽《ふけ》る悠に、サラ一稀が声をかける。

「あ？　あぁ、悪い」

サラ一稀は地面に広げた見取り図の上で、似顔絵を描いたコマを動かした。

「いい？　当日サラはこの控え室に入る。まずは久慈がマネージャーをここのトイレに閉じ込めて、そのあと久慈がサラを呼び出して、その隙に僕が控え室に入る……。うん、完璧な計画でぃーっしゅ☆」

「ちょっと待て」

「ん？」

「なんだこの人任せの計画は」

「だから言ったじゃん。久慈にしか頼めないって！　僕はサラになりきることに全力を尽くすんでぃーっしゅしゅしゅしゅしゅ……！」

悠のアイアンクローをもろに受けてサラ一稀が唸《うな》っていると、カップの蕎麦がフワリと宙に浮かび上がった。

「蕎麦が……！」

「カパゾンビか！」


浅草警察署、その大会議室にて、物々しい雰囲気の会議が行われていた。

会議室の扉には「浅草変死体事件捜査本部」と書かれた貼り紙。

薄暗い室内に、署長の声が響き渡る。

「本日未明に発見された、変死体の身元が判明した。蕎麦谷《そばたに》ゆで男・30歳。蕎麦屋『蕎麦の湯』

経営。半年前に、常連の女性客の自宅に侵入して風呂の残り湯を盗んだ疑いで逮捕されたが、処分保留で釈放となった男だ。他殺の線で捜査を進める」

カシャ、カシャと前方に設置されたスクリーンの画像が切り替わる。

被害者宅の風呂場の窓から何本も差し込まれた汲《く》み上げホースが、ポリタンクに残り湯を汲み取っている写真が映し出された。

コイツは結構ガチでヤベェ奴なのでは……、という空気が会議室に流れていた。

その中で、おもむろに立ち上がる者がいた。玲央《れお》と真武《まぶ》である。

「そいつは俺らが打ったのさ！」

「それは昨日の蕎麦なのさ！」


それは昨日の夜のこと。

彼らが勤務する交番での出来事だった。

「あのぅ……、明日の仕込みがあるんですが……」

「始まらず、終わらず、つながれない者たちよ……」

真武がすっと掲げた写真には、蕎麦谷が風呂場の窓からホースを巻き取ってポリタンクを抱えている現場が収められていた。

「今、ひとつの扉を開こう……」

玲央がおもむろに蕎麦谷に銃口を向ける。

「欲望か？」

「愛か？」

蕎麦谷の頭上には巨大な和太鼓が出現していた。

「欲望、搾取《さくしゅ》！」

次の瞬間、蕎麦谷の姿は和太鼓に吸い込まれてあっけなく消えた。


欲望フィールドが浅草全域を包み込み、街中の蕎麦という蕎麦が下《した》ッパーズに奪われた。

それは蕎麦久も例外ではなかった。

「あぁ！　ウチの蕎麦がぁ……！」

次々に飛んでいく蕎麦に叔父はなす術《すべ》なく崩れ落ちた。


悠はケッピのモニターでその一部始終を見ていた。

隣にいた燕太が声を上げる。

「コレ、蕎麦久じゃん！」

「……ちっ」

ケッピのクチバシを摑んで悠が凄《すご》んだ。

「今すぐ俺をカッパにしろ！」

「ゲロ!?」

至近距離で後ろを向いた悠に、ケッピが激突した。

「ヨクボォォオオオオ……サクシュゥウウウウ!!」

「今回のカパゾンビの欲望の対象は蕎麦ですケロ」

「久慈、お前ん家の店大丈夫なのか？」

「え？　久慈の家って蕎麦屋なの？」

カッパ一稀ははじめて知る情報に目を丸くする。

「奪われたら奪い返す……！」


『カッパラエー！』

ケッピの掛け声と共に、カパゾンビに向かっていく三匹。

『オレの蕎麦が好きなあの子が大好きだー！』

カパゾンビは容赦なくわんこ蕎麦を投げつけてくる。

『残り湯じゃ物足りない！　オレは彼女のそばにいたい！』

カッパ悠がカパゾンビの主張を真《ま》っ向《こう》から否定した。

「テメーのワガママ押し付けて、そばにいたいだなんて、甘いにもほどがあんだよ！」

『ギャァアアアアア！』

カパゾンビの尻の中で、尻子玉をキャッチしたカッパ悠は必死で叫んだ。

「俺は兄さんが守ったものを守りたい……！」


「「かっぱらったー！」」

尻子玉を抜いたカッパ悠が見たものは、彼女と一緒に蕎麦湯の風呂に入り、彼女の残り湯で茹《ゆ》でた蕎麦を食べさせてもらっている男の欲望だった。

『いい出汁、もらったぁ……』

「そうか、盗んだ残り湯で蕎麦を茹でたかったのか……」

『知られてしまったぁー！』

蕎麦谷のカパゾンビは、破裂した。

「さら――！」

「さら――！」

「さら――！」

「「「さらざんまい！」」」

尻子玉の転送が始まると、悠は諦観《ていかん》にも似た気持ちになった。そしてそれはすぐにふたりにも伝わった。


『漏洩します』


最初のシーンは、四年前の冬。

蕎麦久を取り戻した誓が姿を消した直後のことだった。

白い息を吐きながら、悠は浅草の街を駆けていた。

「兄さん、どこに行ったの？　僕を置いて行かないで……！」

通り過ぎた路地裏から、聞き覚えのある笑い声がした。

「いぃ～っひっひっ……」

息を潜めて物陰から様子を窺《うかが》うと、由利鴎とその舎弟の安田《やすだ》ヤスがいた。

「クワァーッ！　誓の野郎、家に戻ってねぇようです。店のオヤジはアイツとは縁切ったから知らねぇって言ってますが……」

「まぁいい……、ヤツが尻尾《しっぽ》出すのも時間の問題だ。シノギくすねてウチのシマから逃げ切れると思うなよ……。いぃ〜ひっひっ……」

笑う鴎の目がすっと開かれる。

「見つけたら撃て。アイツはオレのハジキを持ってやがる」

「クワァーッ！」

一部始終を聞いていた悠は、家へと急いだ。


営業を再開した蕎麦久には徐々に客が戻り始めていた。店の入り口を開けて中に入ると、すぐに叔父の小言が飛んできた。

「悠！　裏から入れって言ってんだろ！」

返事は返さず、階段を駆け上がる。

両親の遺影の前に、今朝はなかった一万円札が置いてあった。

文机を勢いよく開けると、そこにはまだ重苦しい空気を纏《まと》った銃があった。

やっぱり、兄さんは銃を持って行かなかったんだ。

ふと、銃と一緒に入っていた紙切れが気になった。

何とはなしに引っ張り出して裏返したそこには——

幼い誓と悠が笑っていた。

それは、悠が五歳の頃の家族写真だった。

温かな思い出が、悠の胸に去来する。

蕎麦久開店の前日に、家族四人で蕎麦を打って食べた。

三社祭《さんじゃまつり》の日には、半被《はっぴ》を着せてもらって兄弟ふたり、店先で蕎麦を売った。

数少ない休みの日には、家族で花やしきに行ったこともあった。

「兄さん……！」


「くそっ、やっぱりこうなるのか……！」

覚悟はしていた悠だったが、あの日をもう一度経験することになると思うと、兄に対して申し訳ない気持ちが湧《わ》き上がった。

そう、これは誓と悠だけの一生の秘密だったのだ。

尻子玉が一稀に送られる。

ユリカモメは見つからない誓に痺《しび》れを切らして、その弟である悠に目をつけたらしかった。

捕まって兄に迷惑をかける訳にはいかない。悠は一心不乱に逃げていた。

吾妻橋《あづまばし》の上で、誓と同じスカジャンを着た男たちの声がする。

「クソガキが……！　どこに隠れやがった！」

「誓をおびき出すための人質だ！　絶対に見つけ出せ！」

「クワァー！」

男たちの足音が遠ざかり、橋桁《はしげた》のトンネルから悠が顔を覗《のぞ》かせる。

急がないと。だけど、どこへ行けば……？

トンネルを歩く悠の足取りは重い。

「坊《ぼっ》ちゃん、どっか行くのかい？」

ハッと顔を上げると、トンネルの出口に由利鴎が立っていた。

「いぃ〜っひっひっ……、おじちゃんが着いてってやろうか？」

一歩、また一歩。鴎がこちらへ近づいて来る。


たまらなくなって一稀が声なき声で叫んだ。

「あぶない……！」

一稀から尻子玉を受け取った燕太も同じ気持ちだった。

ただ、先ほどから悠の感情が凪《な》いでいることが気になった。


ダアァアン……！

トンネル内が一瞬、昼間のように明るくなった。

鉛の弾丸が鴎の腹を撃ち抜く。

その大きな体軀《たいく》が地面に沈む。スローモーションを見ているようだった。

「はっ……はっ……」

カタカタ……。今更、銃を握りしめた手が震えていることに気づいた。

自分は、今、この銃で、人の命を奪った。

倒れて動かなくなった由利鴎の向こうに、見知った人影が見えた。

「にいさ……」

あんなに探し求めていた兄と会えたというのに、悠は今すぐここから逃げ出したくなった。

いやだ。怖い。僕は人殺しだ。助けて。ごめんなさい。父さん、母さん。

誓は真っ直《ま》ぐ《す》こちらへ歩いてくる。

悠の足は、地面に縫い付けられたかのように動かない。

ぎゅっと目をつぶった悠の手に冷たい何かが触れた。

誓の手だった。

柔らかい手付きで、震える悠の指を外し、銃を取り上げる。

冷たい指先の感触が離れていく。

誓の手はそのまま銃を構え、ピクリとも動かない鴎に向かってトリガーを引いた。

ダァァアン！　ダァァアン！

その音で、悠は金縛りから解かれた。

鴎の亡骸《なきがら》を感情のない顔で見つめていた誓が振り返る。

「この世界は悪い奴が生き残るんだ……」

悠の目の高さまでしゃがんだ誓は、そこではじめて笑って見せた。

「アイツはオレが殺した……。この銃でな」

「え……」

「オレたち兄弟はこの世界で生き残る。どんな手を使っても。……わかったな？」

ぎゅうっと抱きしめられた。

こんなことははじめてだった。

しがみついた背中は広く、精一杯腕を伸ばしても届かない。

悠は、幼い自分を恥じた。

何もできず、ただ弱くて守られるばかりの自分を。

「うん……、うん……！」

熱い涙が溢《あふ》れて、冷たい頬《ほお》を濡《ぬ》らしていった。

もう、絶対に離れない。そう誓ったのだ、あの日。

「くそぉ――――っ！」

感情の海に、悠の悲痛な叫びがこだました。

欲望フィールドが解除された後。

悠はスマホにメッセージが届いていることに気がついた。

【事情が変わってしばらく行けそうにない。また連絡する】

そっけない文章。こんなことは今までだって何度もあった。

だが、今日のメールは悠を殊更《ことさら》に落ち込ませた。

「残念、今日も銀の皿ですケロ」

「ちっ……」

ケッピが出した皿をぞんざいに取り上げて、そのまま帰ろうとした悠を引き止めたのは燕太だった。

「ちょ、ちょっと待てよ！　オレは見たぞ……久慈、お前、ひ、ひとをっ」

「……そうだ。俺は人を殺した」

「お前そんな……なんでそんな、平気な顔……」

ここで議論することに何の意味も意義も感じられなかった。

もうこのふたりと関わることもないなら、早く離れるに限る。

「……撃たなきゃ俺が殺《や》られてたかも知れないし、兄さんが殺られてたかも知れない」

「だ、だからって……！」

「正論はいくらでも言える。善悪なんて強者の前には通用しない。だから俺は強くなって、兄さんのそばで兄さんのために生きるって決めた。今更誰に何を言われたって構わない」

「……そんな」

「ただ、兄さんが俺のために払った犠牲《ぎせい》を無駄にするのだけは許さない。もし秘密をバラしたら、その時は……」

「ひっ⁉」

瞬く間に、悠の金差しが燕太の鼻先を掠《かす》める。

「ブスッといくぞ……」


腰を抜かした燕太を置き去りにして、悠は広場を去ろうとしていた。

「久慈！」

もうこれ以上の厄介事はごめんだと、そう思ったのに。一稀が走って追いかけて来た。

「これ、僕の皿。……久慈に譲るよ」

「一稀⁉」

這いつくばりながら、燕太も後を追ってくる。

悠は差し出された銀の希望の皿を見て、それから一稀の顔を見た。

「……何のつもりだ？」

「僕みたいな奴より、久慈が使った方がいいと思ったから」

これには燕太も黙っていられなかった。

「何言ってんだよ！　一稀はずっと春河のためにやってきたじゃねーか！　久慈なんかに渡していいわけないだろ！　春河が大事じゃないのかよっ⁉」

「……僕は」

ぎゅっと拳《こぶし》を握りしめ、一稀が絞り出すように言った。

「……僕は春河が嫌いだ」

第五皿　サシェ

1

一稀が五歳の時だった。

麗《うら》らかな初春の午後、三人だった矢逆家に四人目の家族が増えた。

男の子は、春河と名付けられた。

リビングから見える隅田川《すみだがわ》は春になると満開の桜並木を見せてくれる。これからの季節を予感させる暖かな名前だ。

「……はるか」

そっと口に出して呼んでみる。濡れた瞳《ひとみ》が確かに一稀を捉《とら》えた。

そうして、もみじよりも小さな手が、こちらへゆっくりと伸ばされた。

その手に自分の手を重ねると、きゅっと摑まれる。

想像以上に強いその力に驚きつつも、一稀の胸はえも言われぬ使命感で充ち満ちていた。

隣で見守っていた父親が、一稀の肩を抱いてこう言った。

「一稀はお兄ちゃんだ」

そこではっきりと悟った。

そうだ、僕はお兄ちゃんだ……！

一稀は、自分が守るべき存在に出会えたことに確かな喜びを感じていた。

そっと小さな春河に顔を寄せる。

甘いミルクと、お日様の匂いがした。

それから一稀はいつでも春河と一緒だった。

春河がはじめて話した言葉が「かーちゃ」で、一稀と母親がそれぞれ自分のことを呼んだのだと主張して、父親が少し寂しそうに仲裁に入ったのもいい思い出だ。

しかし、幸せな日常は、ある日突然途切れる。


「お前の母親は、だらしない女だった……」

一稀が十歳の時、父方の祖父が亡くなった。

病室のベッドの周りに親戚一同が集まる中、突然祖父が一稀を指差して言ったのだ。

一瞬、何のことだか分からなかった。

ただ、周りの寒々しい空気から、「母親」というのが今自分の隣にいる女性のことではないのだということは感じ取れた。

ぼんやりと、自分はここにいてはいけないのだと理解した。

唯一の救いは、幼い春河が眠ってしまって何も聞いていなかったことだった。

本当の母親がいる。自分はその本当の母親から引き取られた子どもである。

両親は詳しく話してくれなかったけれど、一稀は父親の兄の子どもなのだそうだ。

「だからと言って、僕たちが家族であることに何も変わりはないんだよ」

父親は優しい言葉をかけてくれた。一稀もそう納得しようと思っていた。

本当の家族じゃない。

僕だけがつながっていない。

その思いは、日々のふとした瞬間に、何度も一稀の胸を過《よぎ》っていった。

家族お揃《そろ》いのボーダー柄の服も、四人で囲む温かい朝食も。

今まで当然のこととして享受してきたあらゆるものが、素直に受け取れなくなってしまった。

無邪気に自分を慕ってくれる春河の顔を見るのが、辛《つら》いと思ってしまった。

幸せの匂いが、分からなくなっていた。

2

雷《かみなり》5《ゴ》6《ロ》5《ゴ》6《ロ》会館《かいかん》といえば、常磐堂《ときわどう》雷おこし本舗《ほんぽ》が所有する、浅草の由緒ある演芸ホールである。

見た目は竜宮城のようなド派手な建物だが、その本社は地下一階部分にあるという奥ゆかしさを併せ持っている。

そんな雷5656会館の本日の目玉イベントは、ご当地アイドル・吾妻サラの握手会だ。

一階の駐車場に滑り込んできたワゴンを見つめる一稀の姿があった。

「来た！　サラの車だ！」

その後ろには、結局巻き込まれてしまった悠の姿もあった。

「……おい、マジでやんのか？」

「もちろんだよ。このミッション、絶対にコンプリートしてみせる……！」

ミッションとは、「吾妻サラ誘拐大作戦」のことである。

「お前……、なんでそんな普通なんだ？」

悠の問いかけに、制服姿に箱を抱えた一稀はきょとんとする。

「え？　あぁ、女装はこの後トイレで……」

「そうじゃねーよ！　俺のこと知ったのに……、なんで何も言わないんだ」

悠の気まずそうな態度に、一稀も少し声のトーンを落とした。

「……僕もはじめは怖いって思ったよ。でも羨《うらや》ましかったんだ……すごく」

「はぁ？　わけ分かんねー」

「だよね、ごめん。多分全部、僕のわがままなんだ……」

悠は全くついていけないという表情を浮かべた。

一稀は気分を切り替えるように言った。

「行こう。まずはマネージャーだ！」

「じゃあサラ、出番の10分前には呼ぶからね」

吾妻サラのマネージャーが、そう言い置いて控え室から出て来た。

「了解でぃっしゅ☆」

部屋の中から、テレビと同じ眠たそうな声が返ってくる。

「吾妻サラ様控え室」と書かれた部屋を一瞥《いちべつ》してから、悠はマネージャーの後を追った。


「フンフフーン♪」

少し古風な趣のある男子トイレで、上機嫌のマネージャーが用を足していた。

「うちのサラもようやく5656会館で単独イベントができるまでになったんだ。この調子なら武道館《ぶどうかん》も夢じゃないぞー！」

壮大な夢を語りつつ、ズボンのチャックを上げようとしたその時。

ギィィィ……

背後の個室のドアが開く気配があった。

「ん？」

目の前の鏡ごしにマネージャーが見たものは、カッパのお面を被った男が背中からキュウリを引き抜く姿だった。

「ぎゃぁああ⁉　フゴッ⁉　フガーッ⁉」

男子トイレの入り口には「只今《ただいま》清掃中」の看板が立てられている。

清掃にしては物騒な物音が鳴り響き、そして静寂が訪れた。

「ふー……」

悠はカッパのお面をずらしてため息をついた。

目の前の個室には、ズボンを剝《は》ぎ取られて目隠し拘束というあられもない姿のマネージャー。

「何やってんだ俺……」

悠の呟きは、トイレの窓から投げ捨てられたマネージャーのズボンと共に風に舞い上がって消えた。

コンコン。

ドアをノックする音に、吾妻サラは顔を上げた。

手にしたスマホの画面には、「世界のキュウリ」で検索をかけた画像がずらりと並んでいる。

「失礼します」

そう言って控え室に入って来たのは、カッパ仮面だった。

サラが普通のアイドルだったなら、不審者の侵入に助けを求めただろう。

しかし何の因果か、カッパ仮面の手には、先ほどの犯行に使用されたキュウリが握られていた。

「……キュウリでぃっしゅ☆」

「握手会の前に、ＰＲ用の写真撮影をお願いしたいのですが……」

カッパ仮面の手振りに合わせて、サラの視線もキュウリを追う。もはや話の内容はサラの耳には届いていない。

「了解でぃっしゅ☆」

かくして、カッパ仮面もとい悠は、アイドル吾妻サラを連れ出すことに成功した。

「何やってんだ俺……」

本日二度目の呟きは誰にも届かなかったが、その勇姿を見守っている人影があった。

サラ一稀である。

「久慈……グッジョブ！」

物陰から出て来たサラ一稀は、誰の目にも留まることなくサラの控え室に侵入を果たした。

「これでよし……」

化粧台の前に座ったところで、スマホがメッセージの着信を告げた。

【いま会場についたよ！　いよいよサラちゃんに会えるね！】

5656会館の前で撮った写真とともに、春河からのメッセージが届く。

【来てくれてありがとう！　サラも楽しみでぃっしゅ☆】

【昨日言ってたふたりだけのあいことば、いいのを思いついたんだ】

【ナニナニ？】

軽快な返信とは裏腹に、サラ一稀の表情は冴《さ》えない。

『俺もお前も大して変わらない。欲しいものを手に入れるためには、なんだってやる人間だ』

いつかの悠の言葉がリフレインする。

全くその通りだった。

春河のために、春河が好きなアイドルの女装をして、偽アカウントで春河とつながり、今日だってサラを誘拐してまで春河との約束を果たそうとしている。

まともじゃないことくらい、僕だってわかってる。

【ボクがはじめからおわりまでって言うから】

この言葉には覚えがあった。

【まぁるい円でつながってるってこたえてね！】

震える指先で、返信を打つ。

【ステキな合言葉でぃっしゅ☆】

【ボクたちがつながってるサインだよ！】

春河からの返信を確認して、スマホをぎゅっと胸に抱く。

顔を上げたサラ一稀にもう迷いの色はなかった。

僕と春河はつながってる。たとえそれが本当じゃなくても。

5656会館の5階と6階をぶち抜いて、ときわホールと名付けられたステージが設けられている。その入り口に、開場を待つファンがずらりと並んでいた。

春河と付き添いの両親が並ぶその隣には、燕太の姿があった。

「春河、何見てんの？」

スマホに夢中の春河を覗き込む。

「今日のラッキー自撮り占いだよ！」

小さな画面の中では、サラが今日のラッキー自撮りアイテムを発表していた。

「これから本物に会えるってのに、春河ってホントサラちゃん好きだよなぁ」

「うん！　だぁいすき！」

『さぁて、今日のラッキー自撮りアイテムはぁ～？　サシェでぃっしゅ☆』

春河が振り返って母親に尋ねる。

「ねぇ、お母さん。サシェってなに？」

「いい香りがする匂い袋のことよ」

「におい、ぶくろ……」

春河の瞳が揺れたことには気付かず、燕太が割って入った。

「き、今日一稀は一緒じゃないんですか……？」

「えぇ、カズくんは朝早く出かけちゃったの」

「へ、へぇ～……」

引き攣《つ》った笑顔を貼り付けて、燕太は内心焦りまくっていた。

何やってんだよ一稀！　春河にバレたら終わりだぞ……！

『それじゃあ、今日も元気にグッドサラック☆』

3

浅草警察署、その大会議室にて、物々しい雰囲気の会議が行われていた。

会議室の扉には「浅草変死体事件捜査本部」と書かれた貼り紙。

薄暗い室内に、署長の声が響き渡る。

「本日未明に発見された、変死体の身元が判明した。匂野《におい の》福郎《ふくろう》・35歳。無職。半年前、『浅草天然記念物匂い袋事件』の容疑者として逮捕されたが、処分保留で釈放となった男だ。他殺の線で捜査を進める」

カシャ、カシャと前方に設置されたスクリーンの画像が切り替わる。

天然記念物に指定されているオオサンショウウオが拉致《らち》監禁され、あろうことかカレーを食べさせられてその脂汗を搾取されている写真が映し出された。

こんな製法でできた匂い袋がいい香りのはずないだろう……、という空気が会議室に流れていた。心なしか室内の空気がややスパイシーな気もする。

その中で、おもむろに立ち上がる者がいた。玲央と真武である。

「そいつは俺らが嗅《か》いだのさ！」

「それは昨日のサシェなのさ！」


それは昨日の夜のこと。

彼らが勤務する交番での出来事だった。

「これはクサい不当逮捕だ！」

「始まらず、終わらず、つながれない者たちよ……」

真武がすっと掲げた写真には、匂野が桶《おけ》に入ったオオサンショウウオに激辛カレーを食べさせている現場が収められていた。

「今、ひとつの扉を開こう……」

玲央がおもむろに匂野に銃口を向ける。

「欲望か？」

「愛か？」

匂野の頭上には巨大な和太鼓が出現していた。

「欲望、搾取！」

次の瞬間、匂野の姿は和太鼓に吸い込まれてあっけなく消えた。


「ここです。どうぞ中へ」

カッパ仮面がサラを連れて来たのは、５６５６会館からほど近い浅草観音温泉だった。

建物に巻き付いた蔦《つた》が雰囲気たっぷりのこの温泉は、実はすでに閉館している。

ギイ、と音を立てて開いたドアの奥には、薄暗い廃墟《はいきょ》が広がっていた。

「わぁ……サスペンスに出てきそうな建物でぃっしゅ☆」

普通のアイドルではないサラは、何の疑問も抱《いだ》かずに中に足を踏み入れた。

次の瞬間、入り口のドアが閉じられた。

もちろん、犯人はかっぱ仮面もとい悠である。

ドアノブに鎖を何重にも巻き付け、大きな錠前で鍵をかける。

「握手会が終わったらすぐ出してやる。恨むならあいつを恨めよ……」

一仕事終えた気分で悠が振り向いたその先には——

「サラッと、脱出☆」

アイドル・吾妻サラが決めポーズで立っていた。

「は⁉　なんで、どうやって外に⁉」

振り返ってドアノブを確認しても、当然のように鎖錠がかかっている。

かくして、悠とサラの監禁脱出イタチごっこが幕を開けた。

電話ボックス、大型コインロッカー、果てはマジックショウの剣差し箱まで。

ありとあらゆる場所にサラを閉じ込めても閉じ込めても、「サラッと脱出☆」してしまう。

犯罪の腕に多少覚えのあった悠も、すっかり自信を喪失してしまった。

「何なんだよ一体……」


『只今より、浅草ご当地アイドル・吾妻サラさんの握手会を開催しまーす！』

会場内にアナウンスが流れ、いよいよサラのお目見えとなった。

燕太も本物のサラに会うのははじめてだったので、秘密がバレることを防ぐためという本来の目的を、つかの間忘れていた。

「グッドイブニーング☆　吾妻サラでぃーっしゅ☆」

そのステージに、サラ一稀が登場するまでは。

おいおいおいおい、マジで何やってんだよお前!?

想像の斜め上の行動に出ていた一稀に呆れ果てながらも、燕太は本来の目的を思い出した。

まずい！　春河にバレる……！

燕太が春河の目を塞《ふさ》ごうと手を伸ばしたその時。

「サラちゃんだぁ！　かっわいー！」

「え？」

春河だけでなく、会場のあちこちから声援が飛ぶ。
バ、バレてない……だと!?
サラ一稀はその声援に笑顔で応えている。

「今日は会いに来てくれてとっても嬉《うれ》しいでぃっしゅ☆　サラもみんなと会えるのを楽しみにして……ぬおっ!?」

目が合った。

サラ一稀は燕太を見つけて明らかに動揺している。

（ハルカ　バレ　テナイ！　コノママ　ヤリキレ！）

サッカー部時代にふざけて作ったブロックサインが役に立った。

握手会は何事もなく進み、燕太の番がやってきた。この後には春河が控えている。

「お、応援してます。色んな意味で……」

燕太がこころからのエールを送る。

「サ、サンキューでぃっしゅ……☆」

サラ一稀は、ぎこちない笑顔で手を握り返した。

父親に車椅子を押されて、いよいよ春河が目の前にやってきた。

「サラちゃん！」

ぎゅっと握られた両手は、あの日と同じ温度だった。

4

祖父が亡くなってから、違和感を拭《ぬぐ》い切れなくなった一稀は、サッカーを始めた。

とにかく何でもいいから、家に帰らないための口実が欲しかった。

実際、サッカーをしている時は、何もかも忘れて没頭することができた。

始めた理由はどうであれ、一稀は純粋にサッカーが好きだと思えるようになっていた。

子ども部屋は、あっという間にサッカーグッズや海外選手のポスターで埋め尽くされた。

こころの拠《よ》り所を得た一稀は、次に家族お揃いをやめることにした。

衣替えの時期。ボーダー柄の服をすべてゴミ袋に入れた一稀を、両親はどう思っただろうか。

その日、一稀はマンション前の公園で、ひとりサッカーの練習をしていた。

「カズちゃん！」

何となく、迎えに来るのは春河だろうと思っていた。

一稀は練習をやめ、クジラ形の大きな滑り台に登った。

春河も後から登ってきて、頂上に並んで腰をかけた。

「えへへー。ベランダから見えたから来ちゃった！」

ふたりの前には、夜空に咲き誇る桜とスカイツリーが見える。春の夜の隅田川はとても静かにその流れを湛《たた》えていた。

「サッカー楽しい？　ボクも小学校にあがったらやってみたいなぁ」

最近は、サッカーにかまけて春河との時間も疎《おろそ》かにしていた。

少しの罪悪感で、一稀はだんまりを続けられなくなって言った。

「……お母さんたち、怒ってた？」

「ううん。怒ってないけど心配してたよ。カズちゃん本当はずっと、家族おそろいがイヤだったのかなって。……おそろい、イヤ？」

その通りだった。

「そうじゃないよ。もうすぐ中学生だし、家族とペアルックは卒業したいってだけ」

適当な返事をしてごまかす。春河はそれを信じたようだった。

「そっかぁ、カズちゃんは大人だなぁ」

本当に大人だったら良かったのに。そうすれば、ひとりでも生きていけたのに……

今の一稀は無力な子どもだった。

「でもね……」

春河が一稀の手を取って言った。

「ちがう服を着てたって、大人になってはなれればなれになったって、ボクとカズちゃんは、はじめからおわりまで、まぁるい円でつながってるよ」

その時の春河の手の温《ぬく》もりを、一稀は今の今まで忘れていたのだ。


「はじめからおわりまで！」

春河の言葉にハッとする。

ここはサラの握手会で、自分はサラになりすまして、春河の合言葉に応えなきゃいけない。

「まぁるい円で……つながってる」

絞り出した言葉は、震えていなかっただろうか。

「えへへー！　ありがとう！」

春河の屈託のない笑顔に、こころがギシリと歪《ゆが》んだ音を立てたその時。

「そのサラはニセモノだぁ――――！」

ステージ脇の扉が開き、サラのマネージャーが現れた。

会場内が一気にざわつく。

それもそのはず、マネージャーはズボンをはいていなかった。

「にせもの……？」

春河にもマネージャーの声は届いていた。

「うちのサラをどこへやった――!?」

尚も叫びたてるマネージャーを燕太が押さえ込む。

「うわぁあ！　露出狂の変態！　サラちゃん危ないー！」

「うわっ！　何するんだ！　離せこのメガネ！」

「うるせー！　アンタもメガネだろ！」

燕太ともみ合っているマネージャーに、春河が反論した。

「ここにいるのは本物のサラちゃんだよ！　あいことばにこたえてくれたもん！」

春河が誰かに対してこんなに言葉を荒げたところは見たことがなかった。

きっと両親も同じなのだろう。突然のことにびっくりしている。

「あれれ？　どうなってるでぃっしゅ……？」

眠たそうな声が会場に響いた。

ステージから一番遠い入り口に、吾妻サラが立っていた。

その後ろには、肩で息をしている悠の姿もあった。

「え？　サラちゃんが、ふたり……？」

「サラ！　無事だったのか！」

「サラッとお散歩してきたんでぃっしゅ☆」

サラとしては、拉致監禁されかけていたという意識はないらしい。

のんびりとした歩みでステージに近づいてきたサラに向かって春河が叫んだ。

「はじめからおわりまで！」

「ん？」

「あいことばだよ！　ボクとサラちゃんの！」

もちろん、本物のサラがそれを知るはずもない。

「あなた……だぁれ？」

春河はサッと表情を変えた。

「やっぱり、こっちがニセモノだよ！　ねぇ、サラちゃ……」

再び振り向いた春河の目に映ったものは——

マネージャーにウィッグを引き剝がされた、無残な一稀の姿だった。

「カズ、ちゃん……？」

煌々《こうこう》と照らされたステージの上、一稀の目の前は真っ暗になった。


騒然となる会場の中で、ステージ上だけが水を打ったように静かだった。

「カズちゃん……。あっ！」

その時、春河のポケットから、小さな袋がふわりと浮かんで飛んで行った。

「ボクの……！」

春河が手を伸ばしても、もう届かない。

マネージャーを押さえ込んでいた燕太はそれを見ていた。

「まさか、カパゾンビか⁉」

春河の意識が逸《そ》れた隙に、一稀は落ちていたウィッグを摑んでステージから逃げ出した。

リボンが付いたヘッドドレスが床に転がってしまったが、拾う余裕などあるはずもない。

走り去る一稀の背中に、春河の声が響いた。

「待って！　カズちゃぁーん……！」

その声を振り切るように、全速力で一稀は走った。

5

燕太がたどり着いたのは、いつものかっぱ広場だった。

思った通り、サラの衣装を着たままの一稀が背中を向けて立っていた。

「かずき……」

パサッと音を立てて、一稀の手から黒髪ロングのウィッグが落ちる。

「終わりだ……、今までの、ぜんぶ……」

一稀の言葉に、燕太は何も言えなくなった。

その感覚は、燕太も痛いほど知っていた。

「いつかバレる日が、今日だったってだけだろ」

沈黙を破って現れたのは悠だった。

「久慈……！」

「隠しごとはいつかバレる。そうだっただろ。お前も、俺も」

図星だった。ずっとひた隠しにしてきた一稀への気持ちが、眠る一稀にキスをしたことが漏洩してしまったあの時、燕太は世界の終わりを覚悟した。

「はじめから馬鹿げてたんだ、こんなこと。隠し通せるなんて本気で思ってたのか？」

「もういいだろっ！」

耐え切れなくなって、燕太が叫ぶ。

しかし、悠はお構いなしに畳み掛けた。

「何傷ついたフリしてんだよ。弟を傷つけたのはお前だろ？　加害者なんだよお前は！」

ビクッと一稀の肩が揺れたのと、燕太が悠に摑みかかったのは、ほぼ同時だった。

「人を殺した奴に言われたかねぇんだよ！」

言った瞬間、さっきの言葉は悠自身に向けたものでもあるのだと、燕太は悟った。

だが、もう後には引けない。それは悠も同じだった。

「じゃあお前が言ってやれよ！　ゴールデンコンビだってんなら、蹴《け》り飛ばしてでもこいつの目ぇ覚まさせろ！」

「僕が……！」

胸ぐらを摑んで睨《にら》み合うふたりは、ハッとして振り向いた。

背を向けたままの一稀が、肩を震わせていた。

「僕が春河を傷つけた……。もう二度と、傷つけないって決めたのに……。僕はまた、春河を傷つけた……」

「一稀……」

「……また？」

悠の小さな疑問を吹き飛ばすボリュームでケッピが叫んだ。

「ヨクボォォオオオオ……サクシュゥウウウウ!!」

次の瞬間、三人はカッパにされていた。

「いきなりひどいぞ、ケッピ！」

「日が暮れればカパゾンビが出る。私は貴方《あなた》たちをカッパにする。何か問題がありますケロ？」

「むしろ問題しかないだろ……」

何も言わないカッパ一稀を気遣って、カッパ燕太が話題を変えた。

「さっき春河が取られてたのって、アレだよな、あのー、アレだよアレ」

「今回のカパゾンビの欲望の対象は匂い袋ですケロ」

「そう、ソレ！　春河の大事なものなら取り戻そうぜ！　な、一稀！」

沈黙の後、カッパ一稀は小さく頷《うなず》いた。

『カッパラエー！』

ケッピの掛け声と共に、カパゾンビに向かっていく三匹。

『いい匂いのサシェ〜!』

カパゾンビは容赦なくいい香りを吹きつけてくる。

「ふわぁ、いいにおーい……」

三匹はクラクラとしていつものように力が出せない。

『匂いの記憶は死ぬまで消えない! 俺は彼女の匂いを嗅覚《きゅうかく》中枢に刻みつけたい!』

辛くもゾンビの動きを止めることに成功した三匹は、カッパ一稀を先頭に尻の穴目がけて飛び込んだ。

「見えないものに確かさを求めるなんて、無理なんだよぉ――――!」

『ギャァアアアア!』

「「かっぱらったー!」」

尻子玉を抜いたカッパ一稀が見たものは、ブーツを脱いだ彼女の足で鼻っ面を踏みつけられている男の欲望だった。

『あぁ……スパイシィー……』

「そうか、大事な人の香りを、探し求めてたのか……」

『知られてしまったぁー!』

匂野のカパゾンビは、破裂した。

「さら――！」

「さら――！」

「さら――！」

「「「さらざんまい！」」」


『漏洩します』


一稀の秘密の漏洩は、いつかのクジラの滑り台のシーンからだった。

「ちがう服を着てたって、大人になってはなればなれになったって、ボクとカズちゃんは、はじめからおわりまで、まぁるい円でつながってるよ」

「春河……」

「えへへー。カズちゃん、一緒に帰ろ？」

春河の言葉が、一稀を本当の家族に呼び戻してくれた。

その後、一稀は捨てたボーダーの服を拾い上げた。

その様子を両親は安心した顔で見守っていた。

まるで何事もなかったかのように、以前の日常が戻ってきた。

一稀はさらに真剣にサッカーに打ち込むようになり、燕太とふたりゴールデンコンビと呼ばれるまでに上達した。


月日は流れ、中学二年を目前に控えた春休み。

子ども部屋の壁に貼られたサッカー選手のポスターが色褪せてきた頃。

サッカー部の練習帰りの一稀は、ひとりの女性と出会った。

「一稀……！」

ふわりと抱きしめられた時に香った桜の匂いが、遠い記憶の鍵を開けた。

はじめて会ったはずなのに、とても懐かしいその匂いは——

「……おかあさん？」

一稀の本当の母親は、桜の香りの匂い袋を持っていた。

「どうして……!?」

漏洩する意識の中で一稀は気づいた。

春河のポケットから飛んで行ったものの正体に。

「なんで母さんの匂い袋を、春河が持ってるんだ？　まさか……！」

いつもなら順当にパスされる尻子玉は、カッパ一稀の尻から飛び出し、カパゾンビの尻へと吸い込まれてしまった。

『戻ったあぁ――――――！』

それは、はじめてのミッション失敗だった。

チンチンチン……

土瓶《どびん》のヤカンが沸騰している。

「カパゾンビを倒せなかったので、希望の皿はお預けですケロ。ヘソで茶が沸くわボケェ！ケロォ！」

全身で怒りを表現しながら、ケッピがヘソで茶を沸かしている。

「モチロン、人間の姿にも戻れませんケロ」

「はあ!?」

「ちっ……」

カッパのままの燕太と悠は当然のように渋った。

「……僕は、このままでいい」

一言も発しなかったカッパ一稀が静かに言った。

「な、何言ってんだよ一稀……」

「春河は、きっと知ってたんだ……。僕と春河が、本当の兄弟じゃないって……！」

そうしてカッパ一稀は、漏洩の続きを告白した。

6

「サッカー部なの？　ポジションはフォワード？　凄いじゃない！」

突然現れた本当の母親は、美しく優しく、そしてよく笑う人だった。

最初は戸惑いを隠せなかった一稀も、言葉を交わす内に、次第に打ち解けていった。

幼い頃の一稀は、本当の母親がとんでもなく悪い人だったらどうしようと不安に思っていた。

やがてその思いは、本当の母親は悪い人なのだから、今の家族を大事にしたいという気持ちへと変わっていった。

一稀が生まれてすぐに夫である一稀の父親を事故で亡くし、精神的に追い詰められて自分のこともままならなくなった母親は、孫を案じる祖父の勧めるままに赤ん坊の一稀を手放してしまったのだ。

今となっては、誰を責められる話でもなかった。

「本当に、あの時の私は大人として未熟だった。愛する人を失って、目の前が真っ暗になってしまったの。とにかく辛い現実から逃げてしまいたかった。ただ、あなたのことだけが、離れてからもずっと気がかりだったの……」

会いに来た理由を、母親は包み隠さず話してくれた。今の彼女の状況も、ありのままを。

「お母さんね、一稀と同じくらい大事な家族がいるの……。こんなの身勝手よね。でも、どうしてもあなたに会いたかった……！」

そう言って抱きしめられた。

桜の香りはもう感じなくなっていた。

代わりに、甘いミルクとお日様の匂いを思い出した。

「……僕も、今の家族が大事だよ。すっごく可愛い弟がいるんだ」

「かずき……」

母親はどう思っただろうか。一稀には分からないけれど、ふたりは笑いあった。

「この再会は、ふたりだけの秘密にしよう。明日、駅に見送りには行くから……」

「ええ……」

これでいいんだと、こころから思っていた。

僕には、本物よりも本当の家族がいるから。


次の日、家族の誰にも気づかれないように一稀は家を出た。

母親はとうきょうスカイツリー駅から遠くの家族のもとへと帰るのだという。

一晩考えて、やはり今の家族が大事だと一稀は結論付けていた。

だから、今回のことは家族に心配をかけないように、秘密にしておこうと思ったのだ。

それなのに。

「カズちゃぁーん……！」

吾妻橋東詰の交差点で、信号を待っていた時だった。

橋の向こうから、春河の声がした。

「春河、なんで……？」

息を切らせて春河が追いついて来た。

「どこ行くの？　ボクも一緒に行く！」

「……だめだ」

母親の見送りに、春河を連れて行くわけにはいかなかった。

「どうして？　ボクが悪い子だから!?」

春河は時々不思議な理屈でものを言う。

「そんなこと言ってないだろ」

急がないと、母親の電車の時間が迫っていた。

「ごめんなさい、ごめんなさい！　ボクいい子にするから……、行かないでよカズちゃん！」

「うるさいっ」

伸ばされた手を、衝動的に振り払った。

「ぁ……」

拒絶された春河も、拒絶した一稀も同時に息を呑んだ。

しかし、一稀にはもう時間がなかった。

今ここで春河を置いて行かなければ、母親には二度と会えない。

信号は、いつの間にか青になっていた。

一稀はこころを鬼にして、横断歩道を渡り始めた。

春河はその場に立ち尽くしたまま。

青信号が点滅を始めていた。

「まって……待って！　カズちゃん……！」


そのあとのことは、よく思い出せない。

赤く灯った信号機。

西日に照らし出された道路。

地面に投げ出された細い足。

じわじわと広がる、目を刺すような「赤」「赤」「赤」。

すべてが、水中世界のスローモーションのようだった。

あの瞬間から、一稀はうまく息ができない。


かっぱ広場には、水の底のような沈黙が降りていた。

カッパ一稀の頼りない声が、小さな泡のように浮かんでは消えていく。

「ものすごく後悔した……。久慈の言う通り、僕は加害者だ。……春河は、二度と歩けなくなった」

「けど、けどさ……」

意を決して口を開いたのは、やはりカッパ燕太だった。

「なんていうか……、一稀だけのせいじゃないだろ……」

「みんなそう言ってくれたよ。父さんも、母さんも、……春河も！」

その答えに、カッパ燕太は口を噤《つぐ》んだ。

「誰も僕を責めなかった……！　全部僕が壊したのに……！」

カッパ悠は無言で見守っている。

「だから僕は、自分で自分に罰を与えることにした。……一生、偽物の家族でいるって決めた。なのに……、あの人たちは本当の家族みたいに振舞おうとする……」

カッパ燕太は泣いていた。

もう誰も、一稀のこころに寄り添うことはできないのだと言われたような気がしていた。

「春河の車椅子を見るたび、息ができなくなる……。サッカーやめたけど、それだけじゃ全然足りなくて、ニャンタローを奪った……。……サラになって……、春河とつながった……！」

涙で詰まりながら、カッパ一稀は最後の懺悔《ざんげ》を口にした。

それは、今までずっと、誰にも明かせなかった真実。

一稀自身も目を背けてきた、薄暗い本当の自分の姿だった。

「春河のために、なんてウソだ……。僕は……、僕を守るために、春河を騙したんだ……！

僕はっ……！」

つながりたいけど、許されない。

第六皿　春河

1

それは昨夜の夜のこと。

「今回のゾンビは、しぶといヤツで良かったな」

上昇する地下エレベーターの上で、玲央が機嫌よく写真を弄《もてあそ》んでいた。

写真の中の匂野は消えることなく存在している。

「そうだな。これでようやく持ち場を離れられる」

真武の言葉に、玲央の表情が険しくなる。

「あ？　……またメンテナンスかよ」

「ああ。私にとっては生命線だからな」

玲央の機嫌の急降下に気がついているのかいないのか、真武は至って平常運転だ。

「はっ、どうだかなぁ！　本当は気持ちいいことが好きなだけだったりすんじゃねーの？」

玲央が嫌みたっぷりの言葉を浴びせている内に、エレベーターが止まる。

そこは、いつもの交番の室内だった。

真武は迷わず入り口に向かって歩みを進めた。

「くだらん。個人の感情など優先して何になる」

真武の姿が夜の闇に溶けて見えなくなった後。

交番の壁に、浅黒い拳が叩きつけられた。

「お前に、分かってたまるかよ……！」

2

『グッモーニン☆　毎日ハッピー、ラッキー自撮りでサラにハッピー、吾妻サラでぃっしゅ☆』

アサクササラテレビが流れるリビングには、いつものような明るさがない。

春河は食卓にはつかずに、黙ってテレビを見つめている。

その背中を見ながら、父親が尋ねた。

「一稀から連絡は？」

コーヒーカップを両手に持った母親が首を振る。

「昨夜、燕太くんの家に泊まるってメールが来たきり……」

「そうか……。言われてみれば、少し似ているかもな、あの子」

父親の視線の先には、テレビの中で舞い踊るサラがいた。

「ええ。だからあんなに夢中になっていたのかもしれないわね……」

『さぁて、今日のラッキー自撮りアイテムはぁ～？』

両親からは、春河の表情は窺えない。

『あれれぇ～？　今日もサシェでぃっしゅ……』

春河の膝《ひざ》の上には、リボンのついたヘッドドレスがあった。

昨日一稀が走り去った後、本物のサラが拾って手渡してくれたものだった。

憧れのアイドルが目の前にいるのに、春河のこころはピクリとも動かなかった。

ありがとう、とだけ伝えると、サラは優しく頷いてくれた。

『それじゃあ今日も元気に、グッドサラック☆』

「……カズちゃん」


「シャクシャクシャクシャクシャクシャクシャクシャクシャクシャク……」

かっぱ広場にて、カッパのままの悠と燕太は絶句していた。

目の前では、カッパ一稀が山盛りのキュウリをヤケ食いしている。

「シャクシャクシャクシャク……キュウリうまっ！　人間の時よりめちゃうま～っ！」

前代未聞のハイテンションを維持し続けるカッパ一稀を、カッパ悠は憐れみの目で見ていた。

「ついにおかしくなったか……」

「あれはカッパーズ・ハイですケロ。長い時間カッパのままでいると起こる症状ですケロ」

これにはケッピもお手上げだった。

カッパ一稀はその間も、ひたすらキュウリを貪《むさぼ》っていた。

「カッパサイコ〜〜！」


トトン、トントントン……

「ひがぁしぃ〜、かずきのぉ〜海ぃ〜。にぃしぃ〜、えんたぁ山ぁ〜」

行司スタイルのケッピが高らかに呼び上げる。

小気味好い太鼓の音とともに、かっぱ広場の真ん中に登場した土俵の上。

「見合って、見合って〜」

髷《まげ》を結ったカッパ燕太は、シコを踏みながら我に返った。

「相撲、関係なくない？」

目の前には、同じく髷を結ったカッパ一稀が構えている。

「関係、大アリだ！」

「のこったぁ〜、のこったのこったぁ〜！」

カッパ一稀と燕太の結びの一番が幕を開けた。

がっぷり四つに組んだ二匹の力は、今のところ拮抗《きっこう》していた。

じわじわと汗が滲んでくる。

ポタ、ポタ……と、土俵にカッパ汁が滴り落ちた。

「あぁはぁ……一稀の肌とオレの肌が擦《こす》れ合って……」

恍惚《こうこつ》の表情を浮かべるカッパ燕太と対照的に、カッパ一稀は真剣勝負そのものだ。

「見せてよ、燕太の本気」

「か、かずきぃ……」

その間にも、カッパの肌はどんどん滑《ぬめ》りを帯びていく。

ヌルヌルヌルヌル……

ポタポタポタポタポタ……

「オ、オレ、もう……ダメ……」

「情けないぞ燕太！　俺たち、ゴールデンコンビだろ！」

カッパ一稀の膝が、割って入ったカッパ燕太の股間《こかん》をぐいっと押し上げた。

「あぁぁあああああ〜〜〜！」

カッパ燕太は盛大に場外へ投げ飛ばされていった。

そこでカッパ燕太は理解した。

これはいつもの妄想だ、と。

「燕太！」

だがしかし、妄想はそこで終わらなかった。

「大丈夫？　ケガしてないか？」

キリッとしたカッパ一稀がこちらに手を差し伸べていたのだ。

「え？　これも妄想……？」

スッとケッピに差し出された板ガムを引っ張る。

バチン！　と指が挟まれた。

「イタイ！　妄想じゃナイ！」

行司のケッピが神妙に頷く。

「『カッパサイコ〜〜！』」

「ケロ〜〜！」

肩を組んで踊るカッパたちを尻目に、カッパ悠は土俵を掃き清めていた。


『次のニュースでぃっしゅ☆　昨日から続く「浅草匂い袋事件」について、浅草署は大規模強盗組織による犯行とみて、捜査を進めています』

浅草観光センターの街頭モニターでは、昨夜の騒動が報じられていた。

それを見上げていたカッパ悠が呟く。

「なぁ、次の日までニュースになったこと、今まであったか？」

「そういやないな……って、ヤベ！」

無意識に返事をしていたカッパ燕太は、ハッとして口を噤んだ。

目まぐるしく色々なことが起こってウヤムヤになっていたけれど、カッパになる直前まで、ふたりは摑み合いの喧嘩をしていたのだった。

もっとも、悠の方はもう気にしていない様子なので、一方的に燕太が避けているというのが正しい。

「フンッ！」

あからさまな態度を取るカッパ燕太を、やれやれといった体《てい》でカッパ悠は見送った。


「そうだ！　カッパ姿が誰にも見えないなら、花やしきフリーパスじゃね？」

いかにも燕太らしい提案を聞きながら、三匹とケッピは多目的トイレのある小さな児童公園にやって来ていた。

「お、ボール発見！」

カッパ燕太は、誰かが忘れていったサッカーボールで遊び始めた。

「ここって……」

カッパ悠の気づきに、カッパ一稀が笑って答えた。

「うん。僕がいつも、サラになる時に使ってたとこ。てか、アイドルの女装なんてバカらしすぎて笑えるよね！」

「お前なりに必死だっただろ」

「もういいって！　よーし、遊びまくるぞー！　カッパサイコ〜！」

どう見ても空元気のカッパ一稀を、カッパ悠はため息で見送った。


一方、カッパ燕太はサッカーボールで遊んでいると見せかけて、ある壮大な計画を練っていた。

今日、一稀は空元気と言えどテンションが高い。

「今なら自然な流れで、一稀にパスを出せるかも……」

「おーい、燕太！」

振り向くと、カッパ一稀がこちらに走って来る。

「パス、くれよ！」

「いいのか？　関係ないって言ってたのに……」

「関係大アリだ！　ゴールデンコンビ、復活だぁ――！」

待ちに待ったその言葉に、カッパ燕太はすかさず応えた。

「一稀っ、パース……！」

カッパ燕太の蹴ったボールが空高く舞い上がる。

カッパ一稀は高くジャンプして、オーバーヘッドキックの構えを見せた。

「燕太！　お前のハートに、ミラクル☆シュ————ト！」

次の瞬間、カッパ一稀の黄金の右足から繰り出された強烈な弾丸が、カッパ燕太の腹を直撃した。

「ゴッフゥ……！」

ボールは球筋を変えずにそのままゴールネットを揺らした。

キーパーのカッパ悠が悔しげに顔を歪めている。

「ナイッシュ————！」

血を吐きながらも、カッパ燕太は幸せを噛《か》み締めていた。

「ハッ、ヤバいヤバい。流石《さすが》にこれは妄想が過ぎるぜ……」

自力で現実に戻ってきたカッパ燕太に、カッパ一稀から声がかかった。

「おーい、燕太！」

「よし、自然に、ナチュラルに……。一稀、パース！」

ボコッと音を立てて飛んで行ったボールは、立ちすくんだカッパ一稀の足元を虚《むな》しく通り抜けた。

「ごめん、僕ちょっとトイレ」

壁に跳ね返って戻ってきたボールに、カッパ燕太は肩を落とした。

「やっぱダメかぁ……」

鍵の閉まった多目的トイレを見つめていると、背後から声がした。

「あいつ、このままじゃマズいだろ」

カチンときたカッパ燕太が思わず言い返す。

「んなこと、お前に言われなくても分かって……そうだ！」


カッパ燕太たちは隅田川公園にやって来ていた。

「この先に、いいキュウリスポットがあるんだよ！　一稀好きだろ、キュウリ！」

「うん！」

「キュウリスポットってなんだよ……」

もう少しマシな口実があっただろうとカッパ悠が思っていた時。

カッパ一稀の足が止まった。

その視線の先には――

「ニャンタロー！　出ておいでー」

車椅子の春河と父親の姿があった。

タタタタタタタ……！

遠ざかるカッパ一稀の背中を眺めながら、残された三匹がボヤく。

「逃げた……」

「やっぱな……」

「ケロ……」

3

「ご飯遅くなってごめんね、ニャンタロー」

「ぶにゃあ〜」

フゴフゴとおさかなざんまいを食べるニャンタローは、気にしてないと言うように鳴いた。

「ねぇ、ニャンタロー。カズちゃん、帰ってくるよね……？」

それはニャンタローにも、誰にも答えられない問いだった。

春河は、おもむろにスマホを取り出した。

ご飯を食べ終えたニャンタローがスヤスヤと居眠りを始めた頃。

「届きますように……」

春河は祈るように呟いて、メッセージの送信ボタンを押した。

スマホの画面にノイズが走り、真っ赤なハートマークが浮かび上がった。

「あれ？　こんなアプリ入れてたっけ……？」

その時、春河の上に大きな影が差した。

「悪い子だぁーれだ？」

見上げると、目の前に制服姿の警官が立っていた。

褐色の肌にギザギザの歯で不敵に笑う玲央だった。

「おまわりさん……」

玲央は堤防に寄りかかり、持っていた紙袋から人形焼を出して食べ始めた。

春河が不安そうに尋ねる。

「ボクを捕まえにきたの……？」

「どうしてそう思うんだい？」

「ボクが、カズちゃんの笑顔をうばったから……」

「カズちゃん、って？」

「ボクのお兄ちゃん。昨日から帰ってこないんだ……」

そう告白する春河の膝の上には、リボン付きのヘッドドレスがあった。

「へぇ、オレと一緒じゃん。アイツも昨日出てったきり……」

「おまわりさんも、わるい子？」

春河の言葉に一瞬虚をつかれた玲央は、すぐに笑って否定した。

「ハッ、まさか！　悪いのはアイツ。涼しい顔して、今日もアイツはオレを裏切り続けてる。感情が抜け落ちた人形だよ……」

玲央の手の中には、冷たくなった人形焼が握られている。

「ボクは、カズちゃんに笑って欲《ほ》しい……」

「……へぇ？」

視線を感じて振り向くと、玲央が瞳孔《どうこう》の開いた目でこちらを見ていた。

「だったら見せてくれよ……？　キミの扉の奥にあるものが、欲望か……愛か……」

目の前に、玲央の大きな手が翳《かざ》された。

春河のまぶたがゆっくりと下りていく。

「未来は、欲望をつなぐ者だけが手にできるんだ……」

深い眠りに落ちてしまった春河を、玲央が抱き上げようとした時。

「フシャァアア！」

眠っていたニャンタローが唸り声を上げて威嚇《いかく》した。

玲央は一瞥すると、「下がれ」と呟いた。

「ブニャ――――ン……！」

たったそれだけで、ニャンタローは空高く弾《はじ》き飛ばされてしまった。

玲央は誰にも邪魔されず、春河を抱え上げて川辺から姿を消した。


「いい加減、素直になれってば！」

「いーやーだー！」

先ほどから無限ループしているこのやりとりを、カッパ悠とケッピは呆れて見ていた。

川沿いの花壇にしがみついて離れないカッパ一稀と、引き剝がそうとするカッパ燕太の攻防が、あれからずっと続いている。

「離せよ！　僕はもう春河とは関係ないんだ！」

「春河はなぁ、ずっとお前のことを……ぐへぇっ！」

二匹のループに終止符を打ったのは、空から落ちて来たニャンタローだった。

カッパ燕太の頭に綺麗《きれい》に着地したニャンタローは、乱れた毛並みを必死で舐《な》めている。

「ニャンタロー！　どうしてここに……？」


川沿いの堤防に戻ったカッパ一稀は愕然《がくぜん》とした。

「春河が、いない……!?」

先ほどまで春河がいた場所には、乗る者のいない車椅子が放置されていた。

コーヒーショップのテラス席では、父親がテーブルに突っ伏している。

「おじさん、気絶してるぞ！」

「ちっ、一体誰が……！」

カッパ悠も走り出し、周囲に怪しい者がいないか探し始めた。

その時、立ち尽くすカッパ一稀のスマホに着信があった。

カッパの甲羅の中は異次元空間になっており、貴重品はこの中に入れておけば水濡れの心配もない。

甲羅を開けてスマホを取り出したカッパ一稀は、画面を見てハッとした。

「ジリリリリリン！　ジリリリリリン！」

突然、ケッピが黒電話姿になって、着信を知らせ始めた。

「うっわ、気持ち悪！」

「こんな時になんなんだよ!?」

カッパ燕太と悠が見つめる中、ケッピは頭上の受話器を取って話し始めた。

「はい、もしもしですケロ……。はい、はい。……分かったですケロ」

チン！　と受話器を置いて、ケッピが告げた。

「確かな筋から情報が入りましたケロ。……矢逆春河が、帝国軍に攫《さら》われましたケロ」

「マジかよ!?　春河が帝国軍に!?　……ん？　テイコクグンって何？」

物騒な話題と聞き慣れない単語に、カッパ燕太は混乱している。

「帝国軍とは、カッパ王国を滅ぼした敵ですケロ……」

「そいつらの目的は？　人を攫ってどうする!?」

カッパ悠が結論を急いだ。

「……殺して、カパゾンビにしますケロ」

ケッピの言葉に息を呑む二匹だったが、

「そんなことさせない！」

カッパ一稀の声に振り返った。

先ほどまでとは別カッパのような、瞳に強い光を宿したカッパ一稀がそこにいた。

「春河は、僕が助ける……！」

4

玲央が交番に戻ると、真武がメンテナンスから帰っていた。

「玲央、どこに行っていた？　その子どもは……、勝手な行動はするなと言われているが」

「ハッ！　どの口が言うんだか」

玲央はもう真武への苛立《いらだ》ちを隠そうとはしなかった。

パイプ椅子に座らされた春河は、いまだに眠り続けている。

「今、ひとつの扉を開こう……」

言うことを聞かず、いつもの銃を構えた玲央に、真武はもう何も言わなかった。

「欲望か！」

「愛か！」

春河の頭上に大きな和太鼓が現れた。

「欲望、搾取！」


「カワウソ帝国ぅー!?」

カッパ燕太の素っ頓狂《とんきょう》な声が夜の隅田川に響いた。

「我々カッパとカワウソは、長きにわたり戦争を続けていたのですケロ」

カッパ一稀たちは、隅田川の半月状に囲われた水生植物が生い茂るエリアにいた。

「着いて来てくださいケロ」

ドポン！　とケッピが川に飛び込んだ。

潜ってみて分かったことだが、この半月状の壁はどこまでも深く続いていた。

先頭を行くケッピの皿が光って、わずかに先までを照らし出しているが、全く底が見えない。

「なんで俺たちが巻き込まれてるんだ？」

思考を巡らせた上で、カッパ悠が尋ねた。

「我々が奪い合っていたもの……それが尻子玉の欲望エネルギーだったのですケロ」

突如、壁に色褪《いろあ》せた模様が現れ始めた。

それは、カッパとカワウソの歴史を記した壁画の絵巻物だった。

「カッパ王国の欲望エネルギーを奪い尽くしたカワウソ帝国は、次に人間に目を付けたのですケロ……」

「お前は滅んだ王国の生き残りってわけか……」

いつの間にか、縦穴は横穴に変わっており、水面に顔を出すことができた。

暗いトンネルの中で、ケッピの皿だけが光を放っている。

「私は『希望の皿』を生み出すことができる唯一の存在ですケロ。帝国に私のことが知れれば、命を狙われますケロ」

遠くに出口の光が見えてきた。

「うわぁあああああ!?」

出口を抜けると、そこは巨大な構造物の中だった。フッと重力がなくなって、カッパ一稀たちは、底の見えない谷に問答無用で放り出された。

白い巨大な骨組みが張り巡らされた構造物は、よく見るとその内側でおびただしい数の箱が運ばれており、まるで物流会社の巨大な倉庫のようだった。

「なんだ、ここ……」

一緒に落下していたケッピが答える。

「カワウソ帝国のアジトですケロッ！」

ケッピが伸ばした触手がカッパ一稀たちに絡みついた。

「うわっ!?」

次の瞬間、パラシュート形に変形したケッピが急上昇した。

「春河はどこに……？」

「奴らはすべてを箱詰めしますケロ」

「この箱全部開けて確かめんのか!?」

「そんな悠長なことしてられるか！」

「なんだと!?」

こんな時にも言い争うカッパ燕太と悠をよそに、カッパ一稀は考えていた。

「もしかしたら……」

甲羅からスマホを取り出してコールする。

プルルルル……プルルルル……

カッパ燕太と悠も、固唾《かたず》を呑んで見守っている。

「頼む、鳴ってくれ……！」

その時、どこからともなく微かな着信音が聞こえた。

チリリリン……チリリリン……

どこだ？　どの箱だ……？

ベルトコンベアを流れていく無数の箱の中に、ハートマークに「春」と書かれた箱があった。

「見つけた！　あの箱だ……！　あっ⁉」

ようやく見つけた春河の箱は、ベルトコンベアから落とされ、大きな箱の集合体の一部として、赤いクレーンに運び出されていく。

「春河！」

カッパ一稀たちはクレーンを追いかけて走り出した。

骨組みを滑り降り、細い足場をひたすら駆けていく。

しかし、クレーンとの距離は開くばかりだ。

「あっ！　止まれ！」

先頭を走っていたカッパ一稀が急停止した。

見ると、足場がそこで途切れている。

「どうしよう……」

途方に暮れるカッパ一稀の首根っこを引っ摑み、カッパ燕太が力一杯放り投げた。

「ふんっ！」

「うわー⁉」

ベショッ、とカッパ一稀が着地したのは、途切れた先へと続く別の足場だった。

「おりゃっ！」

「ぐふっ……」

続いてカッパ悠もぶん投げられて落ちてくる。

がばっと起き上がったカッパ一稀が叫んだ。

「燕太！」

カッパ燕太はケッピを抱えて大きく振りかぶって言った。

「行け一稀！　春河を諦めるな！」

今は時間との戦いだ。

カッパ一稀たちは先を急ぐことを選んだ。

突如ランプが点灯し、警告音が鳴り響いた。

「ゲートが……！」

行く先で、鉄格子のゲートが降り始めているのが見えた。

カッパ悠が見事なスライディングで閉じかけたゲートの下に滑り込んだ。

「くそっ……！」

ガコン……！

カッパ悠によって作られた僅《わず》かな隙間《すきま》を、カッパ一稀とケッピが通り抜けた。

「久慈！」

次の瞬間、カッパ一稀と悠の間に頑丈なフェンスが降りて来た。

苦笑いを浮かべてカッパ悠が言う。

「俺も陣内《じんない》も必ず追いつく……」

カッパ一稀とケッピを乗せた業務用エレベーターがゆっくりと下降を始める。

「お前はまだ取り戻せる……。だから走れ！」

エレベーターの中で、カッパ一稀は燕太と悠の言葉を反芻《はんすう》していた。

ふたりの気持ちを、無駄にするわけにはいかない。

ガシューン……。

エレベーターが到着し、転がり出て来たカッパ一稀の目に飛び込んできたのは、巨大な円柱形のフロアだった。

その一端から中心へ、長く伸びた橋が架かっている。

上空からは、今まさに春河の箱を載せたクレーンが降りてくるところだった。

クレーンは、橋の最先端まで下降してきて、空中で静止した。

その周りを囲むように、黒い炎を燃やした太鼓形のエンジンが駆動している。

それはどこか神聖な儀式めいているようにも見えた。

橋を渡り始めたカッパ一稀とクレーンまでの距離はいくばくもない。

「春河……、もう少し……!」

その時。

ガキィン……!

無情な金属音がして、クレーンの両端がガバリと開いた。

次の瞬間、ひとかたまりだった無数の箱がバラバラに弾け飛んだ。

スローモーションのように、カッパ一稀の目の前で、春河の箱が黒く口を開いた谷底へと落ちていく。

「春河っ! ……はるかぁ――――!」

カッパ一稀の叫びは、円柱形のフロアに吸い込まれて消えた。
ボ、ボ、ボ……
燃え盛っていた太鼓エンジンの炎が次々と消えていく。

まるで、命の灯が燃え尽きたかのように。

カッパ一稀は放心状態でその場に崩れ落ちた。

カッパ燕太と悠が、たどり着いた反対側の足場で立ち尽くしていた。

「そんな、ウソだろ……？」

「くそっ……！」


真っ白になったカッパ一稀の背後から声がした。

「矢逆春河を助けたいですケロ？」

振り向くと、ケッピがいた。

「助けられるの……？」

「貴方の尻子玉を移植するのですケロ。そうすれば、矢逆春河の命は再生されますケロ」

「……本当に？」

「他に方法はありませんケロ」

カッパ一稀が何か言う前に、向こう側からカッパ悠が叫んだ。

「待て！　尻子玉を失《な》くしたら、そいつはどうなる？　カパゾンビみたいに死ぬんじゃないのか!?」

その言葉に、カッパ燕太も反対する。

「そんなのダメだ！　絶対に！」

いつの間にか、クレーンの先端に移動したケッピが語り始める。

「人間は、尻子玉でつながっていますケロ。それを失うと、誰ともつながれなくなって、世界の縁《えん》の外側に弾かれるのですケロ」

カッパ一稀はケッピの言葉を口の中で繰り返した。

「えんの……そとがわ……」

「左様。矢逆一稀という人間は、はじめからこの世界に存在しなかったことになりますケロ。貴方にまつわる記憶や、出来事や物、すべてがなかったことになりますケロ」

「なんだよそれ！　死ぬよりひでぇじゃねーか！」

あまりの仕打ちに、カッパ燕太が怒鳴った。

「今まで倒したカパゾンビも、なかったことになってたのか……」

「そんなの絶対ダメだぞ！　一稀！」

カッパ燕太の呼びかけに、カッパ一稀は応えなかった。

代わりに、ケッピに問いかける。

「もしかして……、春河の事故も、なかったことになるの……？」

カッパ一稀の脳裏には、あの日がフラッシュバックしていた。

「……なりますケロ」

俯《うつむ》いたカッパ一稀の口元が、うっすら笑みを形づくる。

「そうか……。そうなんだ……」

スクッと立ち上がったカッパ一稀に、もう迷いはなかった。

「僕の尻子玉を、春河に渡して欲《ほ》しい」

とても静かなその声は、しかしカッパ燕太と悠にも届いた。

「分かりましたケロ。では、この谷底へ飛び込んでくださいケロ。……ポチ」

ケッピがボタンを押すと、クレーンが変形して巨大なホイストが現れた。

「貴方の尻子玉は私の体内に保存されていますケロ。移植するためには、尻子玉と貴方とのつながりを切る必要がありますケロ」

「……分かった」

「一稀！　やめろ！」

「そこを動くな！」

カッパ燕太と悠が大声で叫んで走り出した。


カッパ一稀は、ゆっくりとホイストの鎖に手を伸ばした。冷たい鉄の感触に、思考がクリアになっていく。

そうか、はじめから僕は、円の外側だったんだ……。僕がいなければ、全部うまくいく……。

思い出すのは、春河がくれたあの言葉だった。

『カズちゃんとボクは、はじめからおわりまで、まぁるい円でつながってるよ』

ふる、と首を振って、カッパ一稀はホイストのフックに足をかける。

これは、最期のチャンス……。つながれない僕が、つぐなうための……。

バチン。

カッパ一稀の指が、下降のボタンを押し込んだ。

金属音を響かせて、ホイストが動き始める。

「やめろ一稀！　そんなことして春河が喜ぶと思ってんのか⁉」

カッパ燕太が走りながら叫び散らした。

「……大丈夫。春河は全部忘れてこの先を歩いていくんだ。燕太だってすぐに忘れるよ……僕のこと」

「忘れるわけないだろ！　やめてくれっ……、いやだ！　かずきっ！」

カッパ燕太の後方を走っていたカッパ悠も焦っていた。

ホイストは今も下降を続けている。

「ちっ！　間に合わない……！」

そう判断したカッパ悠は、急ブレーキをかけた。

カッパ一稀の姿が、どんどん小さくなっていく。

「かずきぃ――――――――――！」

カッパ燕太の絶叫が響いた。

ダァァアン！　ダァァアン！

鈍く光る銃口が火を吹く。

カッパ悠が放った弾丸は、ホイストの機構を数カ所、正確に撃ち抜いた。

ガラララララ……！

下降していた鎖が、その反動で勢いよく巻き上がり始めた。

「わっ、うわわわわぁあああぁ――――!?」

カッパ一稀の身体は、ホイストを飛び越えて高く舞い上がり、カッパ燕太たちの前方に落ちてきた。

「一稀っ！」

「無事か!?」

地面に叩きつけられたまま、ピクリともしないカッパ一稀の手を取って引っ張り起こす。

ずるりと起き上がったカッパ一稀は、しっかり息をしていた。

「はぁあ……」

「勘弁しろよ……」

ようやく人心地がついた二匹に、カッパ一稀が静かに言った。

「……なんで」

カッパ一稀は、ひどい顔をしていた。

「なんで邪魔するんだよ!? 僕が望んだことなんだから放っといてよ! 僕なんか、いないほうがいいんだから」

バキッ……!

言い終わらない内に、カッパ一稀は右頬に焼けるような衝撃を受けて倒れ込んだ。

「胸糞《むなくそ》悪いこと言ってる暇があったら、別の方法考えろ!」

拳を握りしめて、カッパ悠が叱《しか》り飛ばした。

「そうだぞ! いなくなるなんて許さないから、な!」

カッパ燕太が、倒れ込んだカッパ一稀の上に馬乗りになる。

「ぐえっ!」

呻《うめ》いたカッパ一稀の目の前に、青い紐《ひも》が揺れていた。

カッパ燕太が差し出したのは、一稀が捨てた青いミサンガだった。

「なんで……? 僕、捨てたのに……」

カッパ悠も驚いた様子で二匹を見守っている。

「春河から託された! あいつは諦めてないんだよ! お前のこと、信じて待ってるんだ!」

「はるか……」

カッパ一稀の震える指先が、そっとミサンガに触れた。

『判定：愛。箱：返却』

突然フロア全体にアナウンスが響き渡る。

クレーンの上にいたケッピが、谷底を覗き込んで何かに気づいた。

「おや？　まだ生きていましたケロ」

暗闇から上昇してきた赤いクレーンの先に、小さな箱がひとつ、ぶら下がっていた。

「春河の箱だ！」

クレーンは、円柱形のフロアを出て別の場所へと移動していく。

「はるか────！」

今度こそ取り戻す。そうこころに決めて、三匹は走り出した。

クレーンが消えた先、カッパ一稀たちの前方に、三つの巨大なダクトが口を開けている。

三匹は何も言わずに、それぞれ別のダクトに飛び込んだ。

5

暗いダクトの急傾斜を、ひとり滑り降りていく。

いつ途切れるとも分からない暗闇の中で、カッパ一稀は昼間のことを思い返していた。

春河が攫われたと分かった時、カッパ一稀のスマホにメッセージが届いていた。

送り主は、春河だった。

今までで一番長いそのメッセージは、こんな言葉から始まっていた。

【サラちゃんへ。これはボクからサラちゃんへのさいごのメールです】

それは、すべてを知った上で、春河から一稀に宛《あ》てて綴《つづ》られたメッセージだった。

【サラちゃんとつながれて、毎日とってもたのしかったよ】

【さいごに、誰にも言えないボクのヒミツをきいてくれる？】

急に傾斜が終わり、カッパ一稀は平坦《へいたん》な暗闇に投げ出された。

転がりすぐに起き上がって、とにかく前へ前へと走り続ける。

【ボクね、とってもわるいことをしたんだ】

【だいすきなお兄ちゃんの、だいすきな人を傷つけたの】

「違うよ、春河……。違うんだ！」

カッパ一稀は、今ここにいない春河に向けて叫んでいた。

【あの時、カズちゃんを追いかけたのは、こわかったから。カズちゃんがとおくに行っちゃう

んじゃないかって】

カッパ一稀があてもなく走っている頃。

移動する箱の中で、春河は眠り続けていた。

閉じたまぶたの端には、涙が溜《た》まっている。

【あの日、ボクはカズちゃんの本当のお母さんの落とし物を拾ったんだ】

それは、あの桜の香りの匂い袋だった。

ふわりと香った匂いは、最近一稀から香る匂いと同じだった。

『あら、あなたもしかしてハルカくん？』

今よりもっと幼かった春河は、必死で叫んでいた。

『カズちゃんを取らないで！　帰ってよ！　もう来ないで！』

【その人は、大丈夫、心配しないでって笑った。その顔が、カズちゃんとそっくりだった】


【あれから、カズちゃんは笑わなくなって、ミサンガも捨てちゃった】

【ぜんぶボクのせいだって知ってたけど、カズちゃんといっしょにいたくて、笑ってほしくて】

足がもつれて、派手に転んだ。

【カズちゃんがボクのためにしてくれたこと、すっごくうれしかった】

必死で起き上がって、また一歩踏み出したカッパ一稀の足には、青いミサンガが揺れている。

【だからね、ボクはあきらめないよ】

【カズちゃんはもどってくる。また笑ってくれるって信じてるんだ！】

カッパ一稀の前方に、微かな光が差した。

「出口だ……！」


カッパ一稀が躍り出た先に待っていたもの、それは——

巨大なゴミ捨て場のような場所だった。

上空を見上げると、春河の箱をぶら下げたクレーンが、空間の中心を目指して移動していた。

クレーンの行く手には、いくつもの太鼓が連なった謎の構造物が浮かんでいる。

「いた、春河！」

「かずきー！」

燕太の声がして見下ろすと、カッパ燕太と悠がそれぞれ別の出口から現れたところだった。

「ここからじゃ手出しできないぞ！　どうする!?」

カッパ燕太はさらに下の出口にいるカッパ悠に声をかけた。

上空に浮かぶ太鼓とクレーンを睨んだまま、カッパ悠は焦《じ》れていた。

「くそっ、戻るしかないのか⁉」

突然、太鼓が唸りを上げて起動した。

その中心では、鋭利な刃先が並んでギチギチと不気味な音を立てている。

カッパ悠の目の前、穴の底には、キラキラと輝くかけらが堆《うずたか》く積もっていた。

「あれは、シュレッダー⁉」

三匹に緊張が走る。

「このままじゃ、春河は粉々にされる……！」

カッパ一稀は狼狽《うろた》え、カッパ燕太は周りを見回した。

「なにか……、何かないのか⁉」

「何かって言ったって……」

そう言って振り向いたカッパ悠の視線の先に、いつのまにかケッピがいた。

しばしの沈黙の後。おもむろにケッピが真ん丸いボールに変形した。

「背に腹は代えられませんケロ。こころが痛むでしょうが、この愛くるしく、やんごとなき私をお投げなさ」

ギュム！

「い⁉」

カッパ悠の足がケッピボールを思い切り踏みつけた。

そしてそのまま片足でボールを高く上げ、振り向き様に思い切り蹴り上げた。

「受け取れ！　陣内！」

「ゲボォッ……！」

ケッピの呻き声とともに、カッパ燕太へと正確なパスが通った。

「うおっ⁉」

両手でケッピをキャッチしたカッパ燕太に、カッパ悠から声がかかる。

「矢逆にパスしろ！　ソイツにクレーンを止めさせるんだ！」

「えっ、でも一稀は……」

その時だった。

「燕太！」

振り仰《あお》ぐと、カッパ一稀が真剣な表情でこちらを見下ろしていた。

「燕太！　……パス、くれ！」

「一稀、頼んだ……！」

ゴールデンコンビのパスが、燕太の望みが、ようやく実現した瞬間だった。

「ドゥフフゥッ……！」

「パ――――ス！」

ケッピボールはまっすぐカッパ一稀目がけて飛んでいく。

春河の箱を載せたクレーンが、太鼓シュレッダーの上空で止まった。

【ちょっとガンコなところもあるけど、ゴールに向かってまっすぐ走っていけるカズちゃん】

「ナイス燕太！」

カッパ一稀は助走をつけて高く飛び上がった。

ガキィン……！

クレーンが開き、とうとう箱が落下し始める。

カッパ悠と燕太は、祈るようにカッパ一稀を見つめていた。

【ちょっとわかりづらいけど、本当はすごくやさしくて、あたたかいこと、ボクは知ってる】

「春河……僕はもう二度と、お前を諦めたりしない……！」

カッパ一稀のオーバーヘッドキックが炸裂《さくれつ》した。

「ボファギョヘ―――……！」

完璧なコントロールで、ケッピボールが春河の箱にヒットした。

しかし、その反動で箱から飛び出した春河の身体が、太鼓シュレッダー目がけて真っ逆さまに落ちていく。

「ケロッ！」

次の瞬間、轟音《ごうおん》を立ててシュレッダーの刃が箱を切り裂いた。

サラサラとこぼれ落ちる破片が、カッパ悠の目の前に積もっていく。

春河とケッピの姿は、どこにもない。


「はるか……！」

上空を祈るように見つめていたカッパ一稀が、小さく叫んだ。

太鼓シュレッダーの陰から、ケッピのパラシュートがゆっくりと滑空してくるのが見えた。

その触手には、眠り続ける春河が抱えられている。

【カズちゃんの笑顔が見たいって、そう願ってるのはボクだけじゃない】

「春河！」

【カズちゃんは、まぁるい円の真ん中にいるんだよ】

カッパ一稀が広げた腕の中に、眠る春河が倒れ込んでくる。

その確かな重みとやさしい体温に、大切な存在を取り戻した喜びが湧き上がってきた。

「「「やったぁ————！」」」

大きく「愛」と書かれたゴミ捨て場に、三匹の歓声がこだました。

「「「さらざんまい！」」」

その夜、吾妻橋欲望フィールドにて。

カッパ一稀たち三匹は、今までで一番の「さらざんまい」を発動させた。

「「「さらっと！」」」

いつもは微妙に揃わなかった決めポーズも、一発でピタリと決まった。


尻子玉を転送することに、もう迷いはない。

秘密が漏洩しても構わない。

目には見えないし、触れることもできない。

とても不確かで、曖昧《あいまい》なもの。

けれど今確かにここにあるつながりを、混ざり合った意識の中で三人は共有していた。

6

「やっぱこっちのほうがしっくりくるぜ！」

「だな」

カッパ広場にて、人間の姿に戻った燕太と悠は、自然に会話を交わしていた。

「なんつーか、その……悪かった、な」

燕太は素直に今までのことを詫《わ》びた。

「別に……気にしてない」

悠はそっぽを向きながらも返事を返した。

わだかまりが解けたふたりは、背を向けているもうひとりの方を見た。

一稀は先ほどからずっと黙ったまま、自分の姿かたちを手で触れて確かめていた。

「……カッパのままがよかったですケロ？」

度重なる打撃により重傷を負ったケッピが尋ねた。

自分の顔をペタペタと触って、一稀が口を開いた。

「……へんな感じ。昨日と同じはずなのに、あたらしい生き物になったみたいだ……」

燕太と悠は何も言わずに見守っている。

「けど……これが僕なんだ」

そう言って、一稀はふたりに向き直った。

「かずき……」

「お前……」

ふたりが見たのは、まるではじめてのように不器用に破顔する一稀だった。

そして一稀は、はじめての言葉を告げた。

「ありがとう。ふたりがいてくれて、良かった……！」

エピローグ　玲央と真武

水を湛えた巨大な和太鼓の上で、玲央と真武が背中合わせに浮遊している。

「捉えたターゲットを奪われ、こちらの居所まで知られるとは……。ミッションに支障をきたす不始末だぞ、玲央」

「そう怒んなよ！　あの子が持っていたのは『愛』だ。そんなものに用はない。……くっ、くく、ふはははは……！」

「玲央……どうした？」

相棒の真意が摑めず、真武が尋ねた。

「あの子のおかげだ！　オレはついてる！」

ふたりの背後の巨大モニターには、春河救出時のケッピの映像が映し出されていた。

「ついに見つけたぞ、オレたちの希望……！」

失われた欲望と、明けない夜のはじまり

時はカッパ王国歴333年。

長く続いたカワウソ帝国との戦争状態は、ついに終わりを迎えることとなった。

今まで決して越えられないと思われていたコチラとアチラを隔てる河を越えて、カワウソ帝国がカッパ王国に攻め入ってきたのだ。

カッパ王国第一王位継承者であるケッピは、王子の間《ま》でもがき苦しんでいた。

己の内側で膨らみ続けるどす黒い欲望が、今にもこの身を切り裂いて暴れ出しそうだ。

その時、広間の襖が開け放たれた。

現れたのは、黒い軍服に身を包んだ玲央と真武だった。

「見つけた！」

玲央が駆け寄ろうとした瞬間。

「欲望が……割れる——————！」

ケッピ王子の身体から、禍々《まがまが》しきものが飛び出してきた。

「ダダダダダ——————クネス！」

「玲央！　危ない！」

ドゴォオオン……

爆音と地鳴りが響き渡り、カッパ王国はその全機能を停止した。


瓦礫《がれき》の中に、怪我《けが》を負った玲央が蹲《うずくま》っていた。

「なんで……、お前がオレを庇《かば》うんだよ……？」

玲央の腕の中には、瀕死《ひんし》の真武が抱えられていた。

震える玲央の手を強く握りしめて、真武が告げた。

「欲望を、手放すな……。未来は……欲望をつなぐ者だけが、手に、できる……」

ふっと、真武の手から力が抜けた。

「真武――――――！」

すべてを焼き尽くす炎で真っ赤に染まった王国の空に、玲央の悲痛な叫び声が轟いた。


それからのふたりを知るすべは、どこにもなかった。

ただ、まっくらな絶望がどこまでもつづいていた。

本作品はアニメ「さらざんまい」の書き下ろしノベライズです。

幾原邦彦（いくはらくにひこ）

12月21日生まれ。アニメーション監督。「美少女戦士セーラームーン」シリーズで話題を集めたのち、1997年に原案・監督をつとめた「少女革命ウテナ」を発表。2011年「輪るピングドラム」、2015年「ユリ熊嵐」を監督。漫画原作を担当した「ノケモノと花嫁＋（クロス）」（漫画・中村明日美子）も連載中。

内海照子（うつみてるこ）

12月6日生まれ。京都府出身。ライター。アニメーション制作会社ラパントラック共同代表。

京都のバンドGhostlightに参加。趣味は釣りと特撮制作。

さらざんまい（上）
2019年4月30日　第1刷発行
2019年8月10日　第5刷発行

著者　幾原邦彦《いくはらくにひこ》
内海照子《うつみてるこ》

発行人　石原正康

発行元　株式会社　幻冬舎コミックス
〒151-0051　東京都渋谷区千駄ヶ谷4-9-7
電話　03(5411)6431（編集）

発売元　株式会社　幻冬舎
〒151-0051　東京都渋谷区千駄ヶ谷4-9-7
電話　03(5411)6222（営業）
振替 00120-8-767643

印刷・製本所　中央精版印刷株式会社

検印廃止

ISBN978-4-344-84442-1　C0093　Printed in Japan

幻冬舎コミックスホームページ　http://www.gentosha-comics.net

さらざんまい

SARAZANMAI

関連書籍

大好評発売中

バーズコミックスルチルコレクション

レオとマブ～ふたりはさらざんまい～

原作：イクニラッパー

作画：斎藤岬

キャラクター原案：ミギー

本体価格 660 円＋税

2019 年 4 月 23 日発売

さらざんまい　公式スターティングガイド

「さらざんまい」の世界を最速ナビゲート !!

本体価格 1700 円＋税

2019 年 7 月発売予定

さらざんまい（下）

幾原邦彦・内海照子／著

ミギー／カバーイラスト

本体価格 1400 円＋税

発行：幻冬舎コミックス

発売：幻冬舎